I0691094

Ye   26641

LOISIRS

D'UN FRANÇAIS.

Page 8.

Tionet Pinx b

Cache ces pleurs, ces pleurs que je te donne
sont les premiers du Grenadier françois

Loisirs

D'UN FRANÇAIS,

OU

Recueil de Chansons d'amour, de guerre, de table, critiques, grivoises, pastorales, et de différentes poésies.

DÉDIÉS AUX DAMES.

Par un Invalide.

PARIS,

Chez Sétier, Imprimeur-Libraire, rue du Cimetière S.ᵗ-André-des-Arts, N.º 7. Et chez tous les Marchands de Nouveautés.

1819.

IMPRIMERIE DE SÉTIER.

AUX DAMES.

Sexe aimant et sensible, ô toi dont la tendresse
Comble tous nos instans de bonheur et d'ivresse,
Charme des plus beaux jours et des plus doux plaisirs,
C'est à toi qu'en tremblant j'adresse mes *loisirs :*
En tremblant... j'en conviens, sexe que je révère,
Non qu'en toi je redoute un juge trop sévère ;
Pourrais-tu refuser à ma franche gaîté,
Un souris indulgent, un regard de bonté?...
Je ne puis le penser.... Mais un si faible ouvrage
Sera-t-il à tes yeux un assez digne hommage ?
Puis-je assez noblement célébrer tes vertus ?
Je voulais, à tes pieds, déposant mes tributs,
Parer de quelques fleurs la couronne brillante
Que Légouvé plaça sur ta tête charmante ;
Mais que dire après lui ? Son luth harmonieux
A chanté tes vertus en vers dignes des Dieux ;
Le Faune vagabond, la Driade légère
Répètent ses accens à la jeune bergère
Qui les fait, à son tour, répéter aux Échos.
C'est peu que parmi nous Mars compte des héros ;
En toi, chaque vertu trouve son héroïne,
Sans rappeler Lucrèce, Arthémise, Eponine,
Mars, des femmes aussi, proclame les succès :
Cette jeune amazone, orgueil du nom français ;

Qui fit dans Orléans triompher nos bannières ;
Cézelli, de la Tour, et tant d'autres guerrières
Que l'on vit de nos jours, affrontant les hasards,
Être dans les dangers l'appui de nos remparts,
Remplissent de leurs noms les pages de l'histoire,
Et t'ouvrent les parvis du temple de Mémoire.
Daigne donc protéger, sexe aimable, enchanteur,
L'œuvre d'un vieux soldat, devenu jeune auteur :
D'un vieux soldat, pourtant, ce n'est point que de l'â
J'aie éprouvé déjà l'irréparable outrage,
Et que la froide main d'un hiver rigoureux
Ait sillonné mon front et blanchi mes cheveux ;
Instruit dès mon enfance à braver les alarmes,
Mes jeux furent la guerre et mes jouets des armes ;
Dans un âge plus mûr, chez vingt peuples tremblans
Je portai tour-à-tour nos drapeaux triomphans.
Aujourd'hui jeune encore, et pourtant invalide,
Aujourd'hui faible auteur, plus faible que timide,
Au sein de mes foyers, depuis peu de retour,
Je chante la beauté, les combats et l'Amour :
Pour jamais contre un luth j'ai changé mon épée.
Beau sexe dont mon âme est sans cesse occupée,
Dont j'adorai toujours les vertus, les attraits,
Si mon culte te plut, accueille ces essais ;
C'est de la main du cœur qu'ici je les hasarde,
L'autre, au séjour des morts, est déjà d'avant-garde.

LOISIRS

D'UN FRANÇAIS.

LE GRENADIER FRANÇAIS.

Air: De la romance de *Théniers.*

Assis sur les bords de la Loire,
Un Grenadier verse des pleurs
En rappelant à sa mémoire
Et ses exploits et ses malheurs :
Il n'a qu'un bras, l'autre est tombé la veille,
Mais de ce mal il ne sent plus l'excès ;
Son jeune fils sur ses genoux sommeille,
Unique espoir du Grenadier français. *(bis)*.

« Guide sacré , noble bannière
Confiée à notre valeur ,
Toi qu'on vit aussi la première
Toujours au chemin de l'honneur.
C'en est donc fait , demain je t'abandonne
Drapeau long-tems témoin de nos succès ;
Cache ces pleurs, ces pleurs que je te donne
Sont les premiers du Grenadier français.

Pourrai-je rougir de mes larmes ?
Hélas ! ma Patrie est en deuil ;
Demain je dois quitter ces armes ,
Que j'aimais avec tant d'orgueil :
Je les portais pour l'honneur de la France;
Pour son repos , je les quitte à jamais ;
Oui , je lui rends ma plus chère espérance,
Et le seul bien du Grenadier français.

Vous,des vrais soldats les modèles ,
Dignes d'un sort plus glorieux ,
Vieux compagnons , amis fidèles ,
Recevez mes derniers adieux.
Mais si pourtant une ligue sans gloire
Nous force un jour à rougir de la paix ,
Que ce grand jour soit tout à la victoire ,
Ou le dernier des Grenadiers français. »

LE CONCILIATEUR.

Air : Vaudeville *des maris ont tort.*

Fuyant une terre chérie,
Et servant la cause des Rois,
Tu souffris loin de la Patrie,
Mais dans son sein je te revois;
Moi, des enfans de la victoire
J'ai suivi les Drapeaux vainqueurs :
Pardonne-moi mes jours de gloire,
Je te pardonne tes malheurs. } *bis.*

Si ta fuite fut légitime
En suivant des Princes trahis :
Dis-moi, peux-tu me faire un crime
D'avoir défendu mon pays ?
Tous les deux, si tu veux m'en croire,
Cessons d'inutiles clameurs.
Pardonne-moi mes jours de gloire,
Je te pardonne tes malheurs.

Tu gémissais loin de la France
Quand l'hydre déchirait son sein;
Et moi, pour son indépendance
J'avais les armes à la main.
Laissons au burin de l'Histoire
Le soin de graver nos erreurs.
Pardonne-moi mes jours de gloire,
Je te pardonne tes malheurs.

Des preux et des rois le modèle,
Le grand Henri, sans s'étonner,
Vit naître une Ligue infidèle,
Mais il sut vaincre et pardonner;
Henri, cher à notre mémoire,
Sur nous aurait versé des pleurs.
Pardonne-moi mes jours de gloire,
Je te pardonne tes malheurs.

Notre Patrie, en bonne mère,
Du même œil nous voit tous les deux,
Que cette idole toujours chère
Soit l'unique objet de nos vœux;
N'offrons plus sur son territoire
Que des liens tissus de fleurs:
Pardonne-moi mes jours de gloire,
Je te pardonne tes malheurs.

AUX DEMOISELLES.

Air : *Ainsi jadis à Télémaque.*

Ecoutez-moi , jeunes amies ,
Je me mêle aussi de leçons ;
Toutes , en ces lieux réunies ,
Instruisez-vous par mes chansons :
L'Amour troubla ma destinée ,
Craignez ce tyran de nos jours ;
Ses plaisirs n'ont qu'une journée ,
Mais ses chagrins durent toujours. *(bis.)*

Ce Dieu cruel, dans son ivresse,
Semble promettre le bonheur ;
Mais cette main qui nous caresse
Cache le trait de la douleur ;
Il souffre de nos jouissances,
Et se riant de vains desirs,
Il s'anime par nos souffrances,
Et meurt au sein de nos plaisirs.

Aimable et beau comme sa mère,
Inconstant comme le zéphir,
Ou tel qu'un insecte éphémère
Qu'un printems voit naître et mourir,
Tel est cet oiseau de passage;
Je vous l'assure, et sans détour,
On ne peut être heureuse et sage
En cédant aux vœux de l'amour.

RONDE DU VÉTÉRAN.

Air : *La bonne aventure.*

Que tout homme ait ici-bas
    Son goût, sa manie :
Que l'un cherche un bon repas,
    L'autre, du génie :
Pour moi, tant que je vivrai,
Seule je te chérirai
    Ma chère Patrie,
        Oh gai !
    Ma France chérie !

Mon front n'est point abattu
Devant un atôme ;
Je n'ai jamais combattu
Pour un vain fantôme ;
Et lorsque je me battrai ,
Avec orgueil je dirai :
C'est pour ma Patrie ,
Oh gai !
Ma France chérie !

Eh quoi, l'on cherche à noircir
Mes anciens services !
Non , je n'ai point à rougir
De mes cicatrices.
Au combat quand je volai ,
J'étais, je le prouverai ,
Tout à ma Patrie,
Oh gai !
Ma France chérie !

Quand j'ai vu des ennemis
La horde et sa suite,
L'honneur m'aurait-il permis
De prendre la fuite ?

2

Trop faible, je succombai !...
Mais encor je m'écriai :
 Sauvons ma Patrie,
  Oh gai !
 Ma France chérie !

Le Français voit le trépas,
 Et, dans cette crise,
Il meurt, mais ne se rend pas !
 Telle est sa devise.
Français, je la soutiendrai,
Tant que, Soldat, je pourrai
 Servir ma Patrie,
  Oh gai !
 Ma France chérie !

En vain on voudrait bannir
 De notre mémoire,
Le noble et fier souvenir
 De vingt ans de gloire :
Jamais je ne le perdrai,
Mais, plus que lui, j'aimerai
 Ma chère Patrie,
  Oh gai !
 Ma France chérie !

J'ai suivi plus d'un héros
  Au champ des alarmes ;
Je suis *en-place-repos*,
  Mais qu'on crie *aux armes!*
Corbleu ! je les reprendrai,
Et, chargeant, je chanterai :
  C'est pour ma Patrie,
      Oh gai !
  Ma France chérie !

Si mes jours doivent finir
  Dans cette chaumière,
Lorsque je verrai venir
  Mon heure dernière,
A mes enfans, si j'en ai,
Pour derniers mots je dirai :
  Servez la Patrie,
      Oh gai !
  Ma France chérie !

LES ADIEUX DU VÉTÉRAN A SON FILS.

Air : *De la Sentinelle.*

Je viens t'offrir le reste de mon sang,
O ma Patrie, idole de mon âme !
Adieu, mon fils, cours reprendre mon rang,
L'honneur le veut, ton pays te réclame.
    Pars : sois Français jusqu'au trépas :
    Si l'ennemi de notre gloire,
    Osait vers nous porter ses pas,
    Mon cher Victor, ne demens pas
    Mon nom de fils de la victoire.

A ce beau nom, déjà dans tes regards
Je vois briller ta noble impatience :
Pour l'honorer, sous tes fiers étendards,
Suis les conseils de mon expérience :
    Suis mon exemple : avec ardeur
    Remplace-moi dans mes services ;
    Et, dans les champs de la valeur,
    Si tu n'obtiens ma croix d'honneur,
    Rapporte au moins mes cicatrices.

Peut-être un jour tu devras commander
Les compagnons de tes premières armes ;
Pendant la paix , apprends à les guider ;
Sois leur modèle, au milieu des alarmes ;
   Et si tu ne peux être admis
   A les conduire aux jours de fête :
   Quand tu verras les ennemis ,
   Menacer nos rangs affermis ,
   Mon cher Victor, marche à leur tête.

Sois intrépide et terrible au combat ;
Sois calme et fier, si le destin t'accable ;
Victorieux, tu dois en bon soldat
Tendre au malheur une main secourable.
   Surtout, jamais contre un Français
   Ne tourne une arme meurtrière :
   Dans le champ-clos, de tels excès
   N'offrent que d'indignes succès,
   Et la honte est à la barrière.

Pars, mon cher fils, et cache-moi tes pleurs.
Va... nous pourrons nous revoir, je l'espère !
Fais ton devoir et calme tes douleurs ;
Vien encor, viens embrasser ton vieux père.

Ton chagrin ne peut égaler
Nos regrets au bord de la Loire !
Mais si l'on vit nos pleurs couler,
Nous avions pour nous consoler
Le souvenir de notre gloire.

On a , dit-on , déploré mes erreurs,
Et n'osant pas attaquer ma vaillance ,
On accusa mes chefs de nos malheurs ;
On me punit de trop d'obéissance.
  Mais ventrebleu, sache, mon fils,
  Que si ton chef se fait entendre ,
  Tu dois faire ce que je fis ,
  Si l'on attaque ton pays ,
  Tu dois mourir ou le défendre.

LE MARIAGE DE CATIN.

Air : *La Catacoua.*

Mes amis, Catin se marie,
Buvons à son heureux destin,
Elle abandonne l'industrie,
Et son commerce clandestin.

Le verre en main !
A mon refrein,
Trinquons ensemble,
Et qu'un bruyant tintin
Célèbre le nœud qui rassemble
Damon et l'aimable Catin.

Ma Catin n'est pas, on s'en doute,
Celle qui sous le feu prussien
Venait nous apporter la goutte,
Mais celle qui la buvait bien.
    Le verre en main ! etc.

A côté d'un couvent de Carmes,
Catin, un soir, reçut jour ;
L'Amour avait formé ses charmes,
Elle se devait à l'Amour.
    Le verre en main ! etc.

Le Bavolet et la Cornette
Seuls paraient ses attraits naissans,
Quand certain Pasteur, sans houlette,
S'aperçut qu'elle avait quinze ans.
    Le verre en main ! etc.

Ce Pasteur forma sa jeunesse,
Et de ses grands progrès surpris,
Un Hussard, nommé la Tendresse,
La conduit en croupe à Paris.
    Le verre en main ! etc.

Ce Hussard bientôt l'abandonne,
Elle maudit le séducteur;
Mais enfin elle lui pardonne
Dans les bras d'un vieux procureur.
    Le verre en main ! etc.

Déjà ma Catin aguerrie,
Quitte Cornette et Bavolet,
Gagne, à certaine loterie,
Cachemire et cabriolet.
    Le verre en main ! etc.

De riches savans et des cuistres
Toutes les nuits forment sa cour;
Directeurs, Banquiers et Ministres
Sont pris, et quittés tour-à-tour.
    Le verre en main ! etc.

Damon, ce courtisan habile,
Digne, en tout, de son protecteur,
Veut prendre une femme docile
Afin de plaire à Monseigneur.
    Le verre en main ! etc.

Dans six mois elle sera mère,
Quelle avance pour son époux !
Sans le savoir Damon est père :
Fût-il jamais un sort plus doux.
    Le verre en main ! etc.

A MES AMIS.

AIR : *Jamais je ne fus plus légère.*

Vous qui servez sous la bannière
Du Dieu malin qu'on nomme Amour,
Voulez-vous savoir la manière
Dont aujourd'hui l'on fait sa cour ?
Abandonnez d'anciens usages,
Vœux délicats, soins superflus,
Hommes enfin devenez sages,
Puisque la femme ne l'est plus. (*bis*).

Vous savez ce qu'est la sagesse :
C'est l'art de contenter ses vœux,
C'est l'art de plaire à sa maîtresse,
En satisfaisant à ses feux.
On sait à quoi l'amour aspire,
Montrez-vous donc entreprenans :
Femme sensible qui soupire,
Ne peut aimer les soupirans.

Amans, pressez votre maîtresse,
Lorsque vous possédez son cœur,
Le désir conduit à l'ivresse,
Et l'ivresse offre le bonheur.
Plaisir n'existe plus sur terre
Que pour l'amant audacieux ;
Mais l'Amour cherche le mystère,
Soyez discrets pour être heureux.

Si votre maîtresse timide
Craint d'appaiser votre tourment,
Songez qu'un serment la décide,
Ainsi prononcez un serment.
Jurer, dites-vous, quel blasphème !
On ne doit jurer. Pourquoi non ?
Jupin pour avoir fait de même
Fut-il plus fidèle à Junon ?

(25)

Hercule inventa la méthode
De filer près de la beauté ,
Mais, depuis long-tems, cette mode
S'enfuit devant la volupté.
Vénus renonce à sa ceinture,
Le voile échappe à la pudeur ;
On abandonne à la nature
Le soin de fixer le bonheur.

LE TROUBADOUR FRANÇAIS.

Air : *Beaux jours de la chevalerie.*

Portrait de ma divine amie
Je te porterai sur mon cœur ,
Et par toi, mon âme affermie
Ressentira moins sa douleur ;
Mon talisman dans le carnage,
Sans cesse tu me soutiendras :
Tant que je porterai ce gage,
Ennemis ! redoutez mon bras. *(bis).*

Enfans chéris de la victoire,
O mes compagnons,mes amis !
Peut-être , au temple de mémoire,
Un jour nos noms seront admis.
A l'amour, à l'honneur fidèles,
Cueillons le myrthe et les lauriers ;
C'est pour la gloire et pour les belles
Que le ciel créa les guerriers.

Mais déjà la trompette sonne ,
Déjà, nos valeureux soldats,
Près de ce bronze qui résonne ,
Font briller l'acier des combats.
Vers nos camps l'ennemi s'avance,
O mon amante , soutiens-moi !
Il va succomber sous ma lance,
Ou je mourrai digne de toi.

Ainsi chantait,dans son délire ,
Un jeune Troubadour français ,
Pour la gloire il quitta sa lyre ,
Et revint chanter ses succès ;
Jamais la guerre et ses alarmes
Ne pouvaient atteindre ses jours,
L'Amour sait protéger les armes ,
Et Mars protège les amours.

LA CAUSE ET L'EFFET.

AIR : *Traitant l'amour sans pitié.*

SOUVENT j'ai l'oreille au guet ,
Et par fois j'entends mon père
Répéter, avec ma mère ,
Les mots de *cause* et *d'effet ;*
Sur ces termes ils devisent ,
Et rarement les divisent ;
Mais Dieu sait ce qu'ils en disent !
C'est sans doute un grand secret :
Si Lucas peut me le dire ,
Ah ! comme je vais m'instruire
De la *cause* et de l'*effet.*   (*bis.*)

J'ai quinze ans , et dans mon cœur
J'éprouve un secret martyre ;
La nuit un tendre délire
Me fait rêver le bonheur :
Ma sagesse , je suppose ,
De ce martyre est la cause.....
Je voudrais bien, mais je n'ose
En demander le sujet.
Quand Lucas vers moi s'avance ,
Sa vue accroît ma souffrance,
De la *cause* est-ce l'*effet ?*   3

Lorsqu'on a de vifs desirs,
Qu'on cède au feu qui nous mine,
Cet abandon, j'imagine,
Est la *cause* des plaisirs :
Ou raconte que Colette,
Chaque soir, dans sa chambrette,
Introduisait en cachette
Un amant tendre et discret ;
J'entends dire à tout le monde
Que sa taille devient ronde...
De la *cause* est-ce *l'effet ?*

Cœlina prit un époux,
Qui, depuis son hymenée,
Est, chez lui, chaque journée,
Bourru, quinteux et jaloux ;
De cet humeur, je le gage,
La *cause* est le mariage ;
Eh bien, pourtant, son ménage
Est des heureux, s'il en est !
Cœlina, dans sa colère,
Se console avec Valère ;
De la *cause* est-ce *l'effet ?*

Encor fille à quarante ans,
Doris se vante sans cesse

Qu'on vit toujours la sagesse
Présider à ses instans :
La *cause* m'en est connue,
Jamais l'antique ingénue
Ne fit tomber à sa vue
D'oiseau dans son trébuchet ;
Elle est vieille, laide et bête,
Mais enfin elle est honnête :
De la *cause* est-ce l'*effet* ?

LES BONNETS.

Air : Vaud. de *Sévigné chez Ninon.*

Ecoute-moi, ma bonne fille,
Et profite de mes leçons :
Déjà ton petit cœur pétille
Quand tu vois de jolis garçons ;
Crains de chagriner ton vieux père
En écoutant ces freluquets ;
Et puisque te voilà lingère,
Ma chère enfant, fais des bonnets. *(bis)*

Couvertes de beaux cachemires ,
Dont leur déshonneur est le prix ;
Sans cesse en butte à nos satires ,
Des beautés brillent à Paris :
La honte s'attache à leurs traces ,
Et les suit avec leurs valets :
Au lieu d'imiter tant de graces ,
Ma chère enfant , fais des bonnets.

J'aperçois d'antiques matrones ,
Dignes tout-au-plus de pitié ,
Qui veulent de soixante automnes
Nous voler au moins la moitié.
Le tems, et malgré leurs perruques,
De l'art découvre les secrets :
Pour bien cacher ces vieilles nuques ,
Ma chère enfant, fais des bonnets.

Quelquefois ces tristes coquettes,
Dont les traits font peur aux amans,
Dans leurs colères indiscrettes
Griffonnent d'ennuyeux romans ;
Je m'endors quand je veux les lire ,
Et ne puis tourner deux feuillets :
Pour ne pas aussi mal écrire ,
Ma chère enfant , fais des bonnets.

De bonnes et très-saintes dames
Se rassemblent dans un saint lieu,
Et laissent leurs corps et leurs âmes
Vieillir à la garde de Dieu;
Toutes ces aimables cagotes
Caressent de petits collets;
Bien loin d'imiter ses dévotes,
Ma chère enfant, fais des bonnets.

Tour-à-tour vois les mêmes têtes,
En bonnets rouges, verts ou blancs,
Présider à toutes nos fêtes,
Et s'y disputer les hauts rangs:
Ah! de cette conduite étrange,
Nos malheurs prouvent les effets;
Mais puisque toujours on en change,
Ma chère enfant, fais des bonnets.

A MON CŒUR.

Allons, mon cœur, soyez plus sage,
Ne troublez point votre avenir,
Et conservez le souvenir
D'une amante ingrate et volage;
Alors, vous pourrez vous guérir
Des fureurs de vous attendrir
Pour un sexe, qui, pour partage,
A le don de faire souffrir
L'amant crédule qui s'engage
Dans les frais d'un pélerinage
Que l'inconstance doit finir.

Souvenez-vous, mon cœur, de celle
Dont chaque trait sut vous charmer:
Elle vous parut la plus belle,
Et fière de vous enflammer,
Elle jura de vous aimer,
Et d'être aussi la plus fidèle;
Mais bientôt, hélas! la cruelle
Ne garde plus une étincelle
Du feu qui savait l'animer,
Et brûle d'une ardeur nouvelle.

Pourtant votre amour combattu
Aux desirs unissait l'estime,
Et vous aviez de sa vertu
L'opinion la plus sublime !
Vous ignoriez, mon pauvre cœur,
Que cette belle résistance,
N'était qu'un appât séducteur
Pour éprouver votre constance,
Augmenter encor votre ardeur,
Et pour doubler sa jouissance
Dans le court instant de bonheur
Que suivit bientôt l'inconstance
Qui vint dévoiler votre erreur.

Long-tems fatigué de ma chaîne,
Ma bouche exprima vos regrets,
Et fit connaître l'inhumaine,
A tous les échos indiscrets ;
Les prés, les vallons, les forêts,
Tout retentit de votre peine :
Vous jurâtes même aux amours,
La haine la plus implacable,
Maudissant un sexe coupable,
Que l'inconstance et les détours
Chaque instant rend plus redoutable,

Et qui fait, d'un ton fort aimable,
Le malheur de nos plus beaux jours.

Jugez comme l'on va médire,
Si, d'après ces sermens fameux,
On me voit former d'autres nœuds,
Et de votre nouveau délire
Peindre le langoureux martyre,
A l'objet de vos nouveaux feux.
De mes discours on va bien rire !
De même on rira de vos vœux ;
A cela qu'aurez à dire ?
Allons, répondez, je le veux.
Oui-dà ? vraiment la belle excuse !
« On n'est pas le maître de soi,
» On sait que l'Amour nous abuse,
» Qu'il trompe notre bonne foi ;
» Mais celui même qui l'accuse
» En murmurant cède à sa loi,
» Et bien souvent bénit sa ruse. »

Vous croyez donc que bonnement
Il faut s'exposer aux disgraces
D'un amoureux engagement,
Et de nouveau suivre les traces
De quelque objet à sentiment
Qui vous trahira tendrement ?....

Fort bien , je vous rends mille graces :
N'y comptez plus , mon bon ami ;
Abjurez une folle ivresse,
De votre première faiblesse
J'ai bien assez long-tems gémi !
Conservez votre indifférence ,
Et si quelque jeune tendron
Dérange un peu notre raison,
Hâtons-nous de fuir sa présence :
Nous avons cent moyens divers
D'échapper à la servitude :
Occupons-nous d'un peu d'étude,
Et, s'il le faut, de méchans vers;
Ou , d'une heureuse quiétude
Embellissons-notre univers,
Mais surtout fuyez les travers
D'une amoureuse inquiétude,
Craignez la trop douce habitude
Qui créa vos premiers revers.

Mais quoi ! rien ne peut vous distraire;
Vous vous moquez de mon sermon
Et méconnaissez la raison
Qui se montre à vos vœux contraire ?
Eh bien ! je vais vous satisfaire,
Et dans un parfait abandon ,
Vous laisser en beau Céladon
Suivre l'objet qui sait vous plaire.

Mais cependant, encore un mot :
Si par hasard la flatterie
Charmait cette idole chérie,
Ou bien, que la coquetterie
Fût de son goût, formât son lot,
Ah ! n'allez pas, je vous en prie,
Me faire imiter un grand sot,
Qui, pour voir sa belle, attendrie,
Nuit et jour croque le marmot
En accusant sa barbarie.

Songez, mon cœur, il en est tems,
Que la beauté qui nous captive
Doit être sensible et naïve,
Fraîche et belle comme un printems ;
Que le plus séduisant corsage
Doit dérober à nos desirs
Un sein de neige où les soupirs
Offrent le plus charmant orage ;
Que les plus aimables contours,
Doivent à sa taille élégante,
Donner l'impression touchante
Qui semble appeler les amours
Près de l'attrait qui nous enchante,
Et les y fixer pour toujours.

Qu'il faut aussi que la sagesse
Eclate en elle sans aigreur ,
Et que même au sein de l'ivresse ,
Son délire s'orne sans cesse
De l'incarnat de la pudeur.
Après ces conseils , je vous laisse
A votre penchant séducteur ;
Allez , allez , partez mon cœur.

Ah !... vous trouvez déjà la belle
Dont je vous trace le portrait ,
Et m'assurez que le modèle
Doit y ressembler trait pour trait ?
Allons, soyez bien satisfait :
Aimez , surtout soyez fidèle ,
Et par l'amour le plus parfait
Sachez vous rendre digne d'elle.

CHANSON DE TABLE.

AIR : *Entends-tu l'appel qui sonne.*

Amis ! je vous en convie ,
Fêtons l'Amour , buvons gaîment
Profitons de cette vie ,
Elle ne dure qu'un moment.

Adoptez mon caractère :
La beauté charme mes loisirs,
Le vin et les sots de la terre
Sont faits pour mes menus plaisirs.
Amis ! etc.

A table avec ma voisine,
Je bois sec au premier couvert,
Au second je la lutine,
Qui sait ce qu'on voit au dessert !
Amis ! etc.

Que me font ces noms étranges
De Ministres, de Potentats,
Lorsque viendront les vendanges
Augmenteront-ils nos muscats ?
Amis ! etc.

Mon Curé dit qu'on ne trouve
Hors l'Eglise point de salut ;
Mais Célimène me prouve
Qu'on est bien avec Belzébut.
Amis ! etc.

Sablons donc, sablons sans cesse
Champagne, Aï, Baune et Mâcon,
Ne vivons pas sans Maîtresse,
Et nous un excellent flacon.
Amis ! etc.

LA VÉDETTE.

AIR : *J'ai vu la meûnière.*

Je suis, dans un sentier glissant,
Sentinelle active,
Et je crie, à chaque passant,
Halte-là ! qui-vive ?
Je vois quelques intrus là-bas,
Arrêtons-les à deux cents pas :
Au large !
Ou je charge ;
On ne passe pas.

Dix-neuf chevaliers éteignoirs
Vont sur cette rive
Soutenir la traite des noirs :
Halte-là ! qui vive ?
Si vous revenez de Damas,
Messieurs retournez sur vos pas.
Au large ! etc.

Un avocat sot et flatteur,
A mine chétive,
Là, s'acharne après un auteur :
Halte-là ! qui vive ?

4

Quoi, ne serez-vous jamais las
D'offenser Bartholde et Cujas ?
Au large ! etc.

Quelques abbés intolérans
Prennent l'offensive ;
Je redoute les ignorans ,
Halte-là ! qui vive ?
Eh ! messieurs, pourquoi ce fracas ?
Vous retranche-t-on un repas ?
Au large ! etc.

Mais je vois des obscurantins
La horde attentive ,
Lancer des pamphlets clandestins :
Halte-là ! qui vive ?
Pour nous présenter ces fatras ,
Attendez jusqu'au mardi-gras.
Au large ! etc.

On aperçoit un saint légat
Dans la perspective,
Qui vient au nom du Concordat...
Halte-là ! qui vive ?
Eh quoi ! ce nouvel embarras
Viendrait nous tomber sur les bras ?
Au large ! etc.

Du zèle, de l'attention,
Une troupe arrive :
C'est une rouge légion.
Halte-là ! qui vive ?
Etes-vous bons Français ? — hélas !
Oui, lorsqu'on nous paie... — en ce cas,
Au large ! etc.

SOUVENIR.

AIR : *Sous le beau ciel de Géorgie.*

Aux premiers jours de ton enfance,
Objet des plus tendres soupirs !
Tu partageais et ma souffrance
Et mes plaisirs;
J'étais heureux par ta présence,
Tu semblais heureuse à ton tour,
Et j'oubliais, vers l'innocence,
Desir d'amour.

Encore enfant, simple et naïve,
Par ta gaîté tu m'enivrais;
Mais à seize ans, triste et pensive,
Tu soupirais;

Le printems venait de nous rendre.
Les fleurs et l'éclat d'un beau jour,
Quand tu peignis, sans le comprendre,
        Desir d'amour.

Du charme que tu sentais naître
Tu m'instruisais par ta candeur;
Tendre regard me fit connaître
        Ton jeune cœur ;
La plus innocente caresse
Sut m'enchaîner, et sans retour,
Je ressentis, avec ivresse,
        Desir d'amour.

Je crois te voir, t'entendre encore,
Quand tu couronnas mon ardeur ;
Rappelle-toi l'aimable aurore
        De mon bonheur.
Calmant tes touchantes alarmes,
Chéri de toi, depuis ce jour
Je trouve, jusques dans mes larmes,
        Plaisir d'amour.

LA GIROUETTE POLITIQUE.

Air : *Le petit mot pour rire.*

Sans peine et sans affection,
J'ai vu la révolution
  Et son délire extrême;
Mais souple, et toujours la bravant,
Je demandais au plus savant :
    D'où vient le vent ? *(bis.)*
  Je tourne à l'instant même.

Quand les nobles, avec éclat,
Humiliaient le Tiers-État,
  Je suivais leur système ;
Mais par malheur, en le suivant,
J'entre dans un certain couvent.....
    D'où vient le vent ?
  Je tourne à l'instant même.

Là, dix mille gueux mal vêtus
Disent que les mœurs, les vertus
  Ne sont plus qu'un problème ;
Je les approuve, en arrivant,
Et dis bientôt, en me sauvant:
    D'où vient le vent ?
  Je tourne à l'instant même.

Lorsque des Français malheureux,
Sottement, se battaient entre eux
Pendant un long carême,
Aux deux partis, en bon vivant,
De loin, je criais : *en-avant !*
D'où vient le vent ?
Je tourne à l'instant même.

Notre parti républicain
Adopte un premier souverain,
Un second, un troisième :
Franc, libéral, ou décevant,
N'importe, je cours au devant :
D'où vient le vent ?
Je tourne à l'instant même.

Dix fois on a changé nos lois,
De même, j'ai tourné dix fois,
Et j'attends la onzième ;
Oui, je dis encore souvent,
Tout éveillé, comme en rêvant,
D'où vient le vent ?
Je tourne à l'instant même.

L'AMANT GUERRIER INVALIDE.

Air : *De Julie* ou *le pot de fleurs.*

Chantez toujours la gloire et la constance,
Amans guerriers, modernes troubadours ;
Soyez surtout dévoués à la France,
  Et fidèles à vos amours.
Pour mon pays, ainsi que pour ma belle,
Moi, je serai toujours comme aujourd'hui :
Je n'ai qu'un bras, et ce bras est à lui ;
  Je n'ai qu'un cœur, il est pour elle.

Que l'un ou l'autre un instant nous oublie,
Que des méchans reçoivent leurs faveurs :
D'un souverain, d'une femme jolie,
  On doit pardonner les erreurs.
Oui, malgré tout, mon pays et ma belle
Dans mon amour trouveront un appui :
Je n'ai qu'un bras, et ce bras est à lui ;
  Je n'ai qu'un cœur, il est pour elle.

Loin de la France on m'offrait un asile
Où je trouvais, dans mon adversité,
Un toit de paix, une terre fertile,
  Sur le sol de la Liberté :

Abandonnant mon pays et ma belle ;
J'irais périr de douleur et d'ennui ?...
J'aime bien mieux un jour mourir pour lui,
Ou, sans cesse, vivre pour elle.

A MON AMIE ABSENTE.

AIR : *Mon cœur soupire dès l'aurore.*

L'AIR est plus pur où tu respires,
Flore a de plus vives couleurs ;
Zéphir se plaît, où tu soupires,
A porter le parfum des fleurs ;
Des ruisseaux le tendre murmure
Là, sait mieux parler à mes sens ;
Tout se ressent dans la nature
De tes traits et de tes accens.

La tourterelle du bocage
Semble mieux chérir son amant ;
Le papillon, sous le feuillage,
Se repose et devient constant ;
Les fleurs sont plus long-tems vermeilles,
L'azur est plus beau dans les cieux,
Et Phœbé, lorsque tu sommeilles,
Semble ne chérir que ces lieux.

Le beau cristal de tes fontaines
Semble mieux réfléchir les traits ;
L'Amour a de plus douces chaînes,
Les belles ont bien plus d'attraits ;
On sait mieux peindre sa tendresse,
On sait bien mieux prouver ses feux,
Près de toi seule, ô ma maîtresse!
Est le vrai secret d'être heureux.

TOUT POUR LE MIEUX.

Air : *Va-t-en voir s'ils viennent Jean.*

Les faveurs, d'un courtisan
Aisément s'obtiennent ;
Et le noble et l'artisan
Très-bien se conviennent :
Va-t-en voir s'ils viennent,
Jean,
Va-t-en voir s'ils viennent.

De déposer leur bilan
Les marchands s'abstiennent ;
Les fortunes, au brelan,
Toujours se maintiennent :
Va-t-en voir s'ils viennent,
Jean,
Va-t-en voir s'ils viennent.

Tous les Hébreux à Satan,
Enfin, appartiennent ;
Les foudres du Vatican
Jusqu'à nous parviennent.
Va-t-en voir s'ils viennent,
Jean,
Va-t-en voir s'ils viennent.

L'évêque et le Capellan
A leurs droits s'en tiennent,
Et des erreurs d'un tyran
Tous nos maux proviennent.
Va-t-en voir s'ils viennent,
Jean,
Va-t-en voir s'ils viennent.

Shah, rois, empereurs et Kan,
Où leurs cours se tiennent,
De Titus et de Trajan
Toujours se souviennent.
Va-t-en voir s'ils viennent,
Jean,
Va-t-en voir s'ils viennent.

Le pauvre et le vétéran
Lestement parviennent ;

Le fourbe et le charlatan
Jamais n'interviennent.
Va-t-en voir s'ils viennent ,
Jean ,
Va-t-en voir s'ils viennent.

Nos Chambres, dans chaque plan ,
Toujours se soutiennent ;
On n'y fait pas un canean ,
Les grands s'y contiennent.
Va-t-en voir s'ils viennent ,
Jean ,
Va-t-en voir s'ils viennent.

La fillette et la maman
Toujours se préviennent
Quand, pour filer un roman,
Les galans surviennent.
Va-t-en voir s'ils viennent ,
Jean ,
Va-t-en voir s'ils viennent.

ADIEUX.

Air à faire.

Amante sensible et chérie
Je ne puis donc plus être à toi !...
C'en est fait, loin de ma patrie,
Je vais combattre pour mon Roi.
Je fuis cette rive fleurie,
Heureux, si tu dis en pleurant :
Je regrette un guerrier fidèle,
Des vrais amans parfait modèle,
Et qui mourut en m'adorant.

Le tendre baiser que ma flamme
Obtint dans mes tristes adiéux,
Fut l'unique bien qu'à mon âme,
Offrit un amour vertueux.
De mes jours je finis la trame,
Heureux, si tu dis en pleurant :
Je regrette un guerrier fidèle,
Des vrais amans parfait modèle,
Et qui mourut en m'adorant.

Fais ce que la vertu t'ordonne :
Tâche d'embellir les destins
De l'époux que le ciel te donne ,
Surtout cache-lui tes chagrins ;
Si son ame est sensible et bonne,
Il dirait lui-même en pleurant :
Que ne suis-je un guerrier fidèle
Qui des amans fut le modèle,
Et qui mourut en t'adorant.

MONTAGNES FRANÇAISES.

AIR : *Je loge au quatrième étage.*

AMANS , de l'aimable *folie*
N'abandonnez pas les plaisirs ;
Dans cette retraite jolie ,
Venez passer tous vos loisirs :
Et vous , romanesques Anglaises,
Anglais, que l'on aime à rouler :
Venez aux montagnes Françaises ,
Nous vous ferons dégringoler.

Vous qui servez toutes les ligues ,
De l'honneur méprisant les lois ,
Et qui par de viles intrigues
Abusez de tous les emplois :

5

Pour les *travaux* ou pour les bagnes,
Si l'on ne peut vous enrôler :
Venez, venez à nos montagnes,
Nous vous ferons dégringoler.

Savans, dont les froides critiques
Glacent, en prose comme en vers,
Auteurs d'œuvres académiques,
Qui nous attestent vos travers:
Dans les fauteuils, ou sur les chaises
Où vous sûtes vous installer,
Venez aux Montagnes françaises,
Nous vous ferons dégringoler.

Faux défenseurs de la puissance,
Qui du peuple trompant l'espoir,
Par une lâche complaisance,
Transigez avec le devoir :
Dans les villes et les campagnes
On parvient à vous signaler ;
Ne volez que vers nos Montagnes,
Nous vous ferons dégringoler.

Gens à partis, chaudes cervelles,
Dans ces lieux venez rêvasser,
Publier de fausses nouvelles,
Surtout vous faire *ramasser* ;

Nous écouterons vos fadaises,
Et même sans vous contrôler :
Mais de nos Montagnes françaises,
Nous vous ferons dégringoler.

Dom-Quichottes, de qui l'épée,
Ne parut jamais au combat,
Et qui jamais ne fut trempée
Que du sang d'un lièvre ou d'un chat.
Venez, étranges Charlemagnes,
De vos contes nous régaler,
Et du plus haut de nos Montagnes
Nous vous ferons dégringoler.

LES NOMS D'UNE BELLE.

Air : *Du partage de la richesse.*

Quoi ! vous voulez que je vous dise
Quel est le nom de la beauté,
Dont mon âme toujours éprise
Se fait une divinité ?
Je lui donne le nom de *bonne*,
On ne peut le lui refuser ;
Et puis, je l'appelle *friponne*
Quand elle refuse un baiser.

Parfois je la nomme *indiscrette*,
Quoique ses discours soient charmans ;
Souvent je la nomme *coquette*,
Car elle enchaîne mille amans ;
Je la nomme *douce* et *sincère*,
Lorsqu'elle éprouve des desirs ;
Enfin, je la nomme *légère*,
Lorsque nous volons aux plaisirs.

Je la nomme *triste* et *boudeuse* ;
Lorsque je m'éloigne un seul jour ;
Puis-je bien la nommer *heureuse*,
Lorsqu'elle me voit de retour ?
Je la nomme alors *la plus belle*,
Mais quel est mon destin, hélas !
Lorsque je la nomme *fidelle*,
Constance, ne me répond pas.

MON GOUT.

Air : Du Vaudeville *des Scythes.*

Bon Français, à l'honneur fidèle,
Pour mon pays j'ai combattu ;
J'ai su vaincre plus d'une belle
Qui répondait de sa vertu.

Mais je renonce à la gloire, à Cythère,
De mes hauts faits j'ai reçu des leçons :
Je ne demande au ciel que je révère,
Que du repos, du vin et des chansons.

Un critique me dit sans cesse :
Le repos détruit l'appétit,
Le vin éloigne la sagesse,
Et les chansons gâtent l'esprit ;
Mais d'un censeur pédant et trop sévère
Je suis bien loin d'écouter les leçons :
Je ne demande au ciel que je révère,
Que du repos, du vin et des chansons.

Jadis près de toutes les dames
Je cherchais de nouveaux plaisirs,
Et quelquefois ces bonnes âmes
Prévenaient mes tendres desirs :
Prude, ingénue et coquette légère,
Portez ailleurs vos airs et vos façons.
Je ne demande au ciel que je révère,
Que du repos, du vin et des chansons.

Enflammé d'un fougueux délire
J'allais courtiser les Neuf-Sœurs,
Et du Dieu d'amour, sur ma lyre,
Déjà je chantais les douceurs,

Mais sur le Pinde une affreuse misère
De ces Neuf Sœurs frappe les nourrissons...
Je ne demande au ciel que je révère,
Que du repos, du vin et des chansons.

Dans une guerre meurtrière,
Je fus briguer un grain d'encens ;
Et de la trompette guerrière
J'adorais les nobles accens.
Tout change ; enfin, aujourd'hui je préfère
Des verres pleins les agréables sons.
Je ne demande au ciel que je révère,
Que du repos, du vin et des chansons.

Souvent, dans l'hiver de la vie,
Un ami ne nous reste pas,
Lors, la gaîté nous est ravie,
Tristement on saute le pas.
Mais je possède un ami bien sincère ;
De mes vieux ans je brave les glaçons,
Et ne demande au ciel que je révère,
Que du repos, du vin et des chansons.

L'ÉGOISTE.

AIR : *De la Trénitz.*

NOUVEAUX desirs
Offrent nouveaux plaisirs ,
Quand on se fait la loi
De vivre ainsi que moi ,
　　Pour soi ;
Et que riche et content ,
Dispos et bien portant ,
　　L'appétit
　　S'agrandit ,
Ainsi que le crédit.

Seul à table , je fronde
Les erreurs de ce monde ,
Et chez moi tout abonde ,
Tout , excepté l'ennui ;
Pour demain je redoute
Une attaque de goutte ;
J'en puis mourir, sans doute ,
Vivons bien aujourd'hui.

Des vins
Les plus fins,
De mets divins,
J'orne ma table.
Je fais cinq repas,
Afin de vivre et mourir gras.
Par fois,
Si je vois
Joli minois,
Je suis traitable;
Mais l'estomac creux,
Je ne suis jamais amoureux.

Chacun me dit
Ignorant, sans esprit;
Mais un sage s'en rit,
Puisqu'un riche érudit
Maigrit :
Ma foi, j'aime bien mieux
Bonne table et vin vieux,
Qu'un talent,
Qui, souvent,
Nous met le bec
A sec.

LE RETOUR.

Enfin après dix ans de guerre et de souffrance,
Je revois donc ces lieux, ces lieux où mon enfance
S'écoulait doucement, sans regrets, sans desirs,
Ces lieux témoins touchans de mes premiers plaisirs
Je revois ces coteaux, ces prés et ces fontaines,
Les troupeaux fortunés de ces fertiles plaines,
Ces simples habitans, dont les travaux, les soins
Secondent ceux du ciel qui prévit leurs besoins.
L'arbre qui me présente un salutaire ombrage
Fut planté par mes mains vers ce rocher sauvage,
Et ses fruits bienfaisans en brillant à mes yeux
Semblent m'offrir le prix des soins que j'eus pour eux.
C'est près de cette grotte, en ce séjour paisible,
Que je reçus la foi d'une amante sensible....
En vain le tems s'enfuit, il ne peut dans son cours,
M'ôter le souvenir de mes premiers amours.

Et toi, que je chéris cent fois plus que ma vie,
Tendre mère, quel jour pour ton âme ravie !
Je vais donc te presser sur mon sein palpitant,
T'offrir les doux transports d'un cœur reconnaissant
Et voir dans tes regards éclater la tendresse :
Déjà je sens des pleurs qui coulent d'allégresse ;

» Quelle félicité! quel moment pour nos cœurs!
» Ah! ce jour peut payer un siècle de malheurs.

» Hâtons-nous d'arriver. Quelle foule s'empresse;
» Et qui peut donc causer cette sombre tristesse!
» En gémissant chacun semble s'entretenir....
» Près de notre chaumière on va se réunir....
» Une cloche funèbre en ce moment résonne....
» Quels terribles soupçons, juste ciel! je frissonne.»
Ainsi le jeune Urbain, couvert de ses lauriers,
Après mille combats revient dans ses foyers;
Le prix de la valeur décore sa poitrine.
Le tube meurtrier, qu'à la Vierge il destine
D'après le vœu qu'il fit dans des climats lointains,
Réfléchit le soleil et brille dans ses mains.
Il croyait accourir dans les bras de sa mère:
Mais, Dieu! quel est l'excès de sa douleur amère!
Ces longs gémissemens, ce lugubre beffroi,
De celle qu'il chérit annoncent le convoi;
A peine est-il instruit....cette cruelle idée....
Il s'élance.... « arrêtez!.... » la foule intimidée
Semble ne plus songer à son pieux devoir,
Et voit avec respect cet affreux désespoir;
Mais les Ministres saints ordonnent de poursuivre.
« Arrêtez, malheureux, ou je cesse de vivre;
» Vous méprisez mes cris!...emportez, inhumains,
» Ces restes révérés, profanés par vos mains:

» Mais craignez les effets de votre barbarie,
» Craignez mon désespoir, redoutez ma furie. »
A ces mots, il s'élance et saisit le cercueil
Qui du temple à l'instant allait franchir le seuil ;
Il serre dans ses bras cette insensible bière,
Il l'enlève, et soudain, fuyant sur la bruyère ;
Il se fraye un passage à travers mille bras ;
En vain un peuple entier veut arrêter ses pas,
L'ange du désespoir l'anime et le protège ;
Le prêtre en vain s'irrite et crie ou sacrilége,
Urbain n'écoute rien ; tout fier de son fardeau,
Il semble avec orgueil le ravir au tombeau.
Bientôt, plus libre enfin, il poursuit sa carrière
Et pénètre, haletant, dans sa triste chaumière.

Il dépose en tremblant l'objet de ses douleurs,
Découvre ce cercueil, il l'arrose de pleurs...
Grand Dieu ! de sa raison il a perdu l'usage,
Il déchire le lin qui couvre ce visage,
Ces traits toujours chéris et glacés par la mort ;
Il ose les fixer... Mais ce dernier effort
Triomphe de sa force ; il s'égare, il chancelle,
Il pâlit, il succombe à sa douleur mortelle.

Tout le peuple alarmé qui de loin l'a suivi,
Arrive en ce moment, pénètre jusqu'à lui,

Du trépas sur son front on croit lire l'empreinte:
L'un recule d'effroi, l'autre avance avec crainte.
Privé de sentiment, étendu, sans couleur,
Il fait à l'amitié craindre un nouveau malheur ;
A lui donner des soins à l'instant tout conspire,
Et par ces prompts secours l'infortuné respire.

Mais tandis que ces soins et ces tendres secours
Rappellent ses esprits et conservent ses jours,
On s'empresse, on enlève, on confie à la terre
L'objet inanimé de son culte sincère.

Après quelques instans il ouvre enfin les yeux,
Il cherche autour de lui ces restes précieux.....
Il les appelle encor d'une voix lamentable....
Vain espoir!.. et cédant au chagrin qui l'accable:
◄ Hélas ! c'en est donc fait, je te perds sans retour!
» Ma mère ! tu n'es plus, et ton fils voit le jour !...
» C'est en vain qu'enivré d'une douce espérance
» J'accourais plein de joie et de reconnaissance ;
» En vain, je prévoyois les fortunés momens
» Où je devais jouir de tes embrassemens !...
» Lorsqu'un doux souvenir, dans mon âme ravie ,
» Retraçait ces beaux jours d'une innocente vie ,
» Où penché sur ton sein doucement agité ,
» Je partageais ta peine ou ta félicité ,

Page 61

Ah ! devais-je penser, en ces momens d'ivresse ,
Que ton fils eût reçu ta dernière caresse.
O perte irréparable ! ô regrets superflus !
Ma mère, il est donc vrai, je ne te verrai plus...
Dieu qui voit mes douleurs, daigne, daigne m'entendre !
Dans le même tombeau permets-moi de descendre,
Après un tel malheur le jour m'est odieux. »
Lors des pleurs abondans s'échappent de ses yeux;
Si l'on cherche à calmer sa peine trop amère,
Il répond par ces mots : ô ma mère, ô ma mère!

Le tems semble adoucir cet affreux désespoir,
Mais, depuis cet instant, quand les heures du soir
Invitent au repos ; quand les oiseaux funèbres
Volent en gémissant au milieu des ténèbres,
Urbain fuit sa chaumière et déplorant son sort ,
S'avance vers ce champ, domaine de la mort,
Qui renferme l'objet de sa douleur profonde.
Seul avec sa tristesse, il se croit seul au monde
(Son père dès long-tems avait fini ses jours.)
Là, le même tombeau renferme pour toujours
Les auteurs révérés de sa frêle existence ;
Là, rempli de ferveur, au milieu du silence ,
Prosterné sur la tombe, il vient offrir aux cieux
La prière d'un cœur pur et religieux.

Mais quand l'aube du jour fait pâlir les étoiles,
Quand la nuit, loin de nous, porte ses sombres voiles,
Sur la pierre glacée il jette quelques fleurs
Et revient sous son toit verser de nouveaux pleurs.
S'il rencontre par fois, éloigné du village,
Un jeune et faible enfant courant sur son passage,
Il l'arrête, et soudain, heureux de l'attendrir,
Il lui peint ses chagrins et l'apprend à chérir
Les êtres bienfaisans dont il tient la lumière :
» Soutiens-les, lui dit-il, dans leur courte carrière ;
» Peut-être, aussi pour toi, va naître un jour de deuil
» Où tu viendras, hélas ! gémir sur leur cercueil ;
» De quels remords pour toi leur fin sera suivie,
» Si tu n'as embelli le chemin de leur vie
» Par un amour sincère et des soins délicats.
» Malheur, cent fois malheur, à ces enfans ingrats,
» Qui couvrant leurs desseins d'une coupable adresse,
» Trompent de leurs parens la crédule tendresse,
» En vain au dernier jour ils peindront leurs regrets;
» Dieu connut leurs desseins et ses foudres sont prêts.
» Mais béni soit celui qui depuis son enfance
» Consacre chaque jour à la reconnaissance,
» Qui fait de son devoir la plus douce des lois,
» Et qui pour obéir n'écoute que la voix
» Des êtres généreux qui forment sa jeunesse,
» Et le Dieu de bonté qui soutient sa faiblesse ;

» S'il reste seul au monde, il retrouve en son cœur
» Un secret sentiment qui ressemble au bonheur :
» Ce souvenir du bien, qui s'attache sans cesse
» Aux plaisirs des beaux ans, à la froide vieillesse,
» Lui fait voir sous l'attrait d'un triomphe nouveau
» L'immortelle couronne au-delà du tombeau. »
Ainsi vécut Urbain, long-tems sans espérance
Mais le ciel est enfin touché de sa souffrance :
Il offre à ses regards, le matin d'un beau jour,
L'objet tendre et touchant de son premier amour.
Lise, qui jusqu'alors sut respecter ses larmes
Fait céder sa douleur au pouvoir de ses charmes;
Elle accourt sur ses pas et cherche le moment
De fixer ses regards..... d'adoucir son tourment :
Belle de sa candeur ; des attraits de son âge,
Un pudique incarnat colore son visage ;
Elle avance en tremblant ; et ses regards baissés
Craignent de s'exprimer, mais en disent assez;
Urbain la reconnaît, s'élance au devant d'elle,
Il la retrouve encore et sensible et fidèle,
Et bientôt le destin appaisant son courroux,
Ce fils infortuné devint heureux époux ;
Mais parmi les plaisirs d'un si doux hyménée,
Urbain, toujours bon fils, après chaque journée,
Sur le tombeau des siens, soupirant ses douleurs,
Vient verser une larme et jeter quelques fleurs.

LA SAINT JEAN.

AIR : *La fête des bonnes gens.*

Que ce banquet rassemble
Et le noble et l'artisan ,
Qu'ils viennent boire ensemble,
C'est aujourd'hui la saint Jean :
Époux , vous, que rien n'arrête,
Ça , montrez-vous diligens ;
Venez célébre ma fête ,
La fête des bonnes gens.

Bon dieu ! quelle cohorte,
De maris jeunes et vieux ,
Assiége cette porte ,
Et pénètre dans ces lieux !
Chacun d'eux se dit honnête,
Tous paraissent indulgens...
Que tous célèbrent ma fête ,
La fète des bonnes gens.

Là , s'assied près d'un rustre ,
Un Morose du bel air ;
Près d'un pendard illustre ,
Vient siéger un duc et pair ;

Les riches , et sans enquête ,
Embrassent les indigens ;
Tous sont égaux à ma fête ,
La fête des bonnes gens.

Chacun me fait l'histoire
De l'hymen et des amours ;
De sa femme , avec gloire ,
Raconte les malins tours ;
Chacun d'eux pare sa tête
Des signes les plus urgens ,
Des attributs de ma fête ,
La fête des bonnes gens.

En ce moment prospère ,
Pendant cet heureux banquet ,
Si notre ménagère
Pour nous compose un bouquet ,
Pardonnons à qui lui prête
Secours et soins obligeans ;
Tout doit célébrer ma fête ,
La fête des bonnes gens.

Nos femmes , nos maîtresses
Profitent de leurs beaux jours ;
A leurs tendres faiblesses
Que feraient nos vains discours !

Bien fou qui grogne ou tempête,
Ne soyons point exigeans;
Qu'on nomme toujours ma fête,
La fête des bonnes gens.

PARLEZ, OU NE PARLEZ PAS.

AIR : *J'aurai beau voir ces bégueules sucrées.*

DIEU nous donna la parole en partage,
Pour s'égayer de tous nos vains discours :
Vous, qui savez en faire un digne usage,
Bons orateurs, parlez, parlez toujours.
Sots aspirans, dont le jargon fatigue ;
Solliciteurs, apôtres de l'intrigue ;
Si vous voulez, enfin, plaire ici-bas,
    Ne parlez pas. (*bis.*)

Bons écrivains qui chérissez la France,
Qui défendez et la Charte et les lois,
Zélés soutiens de notre indépendance,
Parlez toujours du peuple et de ses droits.
Mais vous, Messieurs, qui nous tendez des piéges
Vieux amateurs d'antiques priviléges ;
De vos vertus on fera plus de cas.
    Ne parlez pas.

Vous, qui bravant la mort et la misère
Avez vingt ans moissonné des lauriers;
Braves Français, la gloire vous est chère,
Parlez toujours de vos travaux guerriers.
Vous, qui bravez les mépris, les injures,
Grands, tour-à-tour, vils, flatteurs et parjures,
Très-hauts seigneurs, qui vous montrez si bas,
　　　Ne parlez pas.

Jeunes beautés dont l'esprit et les grâces,
Dont la douceur nous charment chaque jour;
Vous que j'encense en volant sur vos traces,
Parlez d'amour, belles, parlez d'amour.
Mais croyez-moi, vous, prêtresses des vices,
Qui de Plutus caressez les caprices,
Si vous voulez qu'on s'attache à vos pas,
　　　Ne parlez pas.

Jeunes maris, au sein d'un bon ménage,
Qui jouissez, sans en être jaloux,
De la fortune et d'une femme sage,
Parlez souvent du bonheur d'être époux.
Vous, bons vieillards, qu'un sot hymen allie
A jeune femme et sensible et jolie,
Si par hasard on vous trompait, hélas!
　　　Ne parlez pas.

L'AMANT HEUREUX.

Air: *Ils sont si beaux les grands yeux d'Aspasie.*

Depuis long-tems je cherchais une amante
Dont la tendresse assurât mon bonheur :
Je suis aimé d'une femme charmante,
Je suis aimé ! rien ne manque à mon cœur.

A chaque instant ses regards, son sourire,
Troublent mon cœur et viennent l'embrâser ;
A chaque instant le plus heureux délire
Unit son charme au plus tendre baiser.

Si je sommeille, un aimable mensonge
Du tendre amour m'offre tous les plaisirs ;
Un doux réveil réalise mon songe
Et de mon cœur comble tous les desirs.

Suis-je près d'elle ? une subite flamme
Dans tous mes sens vient porter son ardeur ;
Si je la fuis, tout attriste mon âme ;
Le sombre ennui succède à mon bonheur.

Je l'ai promis, je lui serai fidèle,
Je l'aimerai jusqu'à mon dernier jour,
Le sort, hélas! peut bien m'éloigner d'elle,
Mais rien ne peut éteindre mon amour.

AH!!!

Air : *Du Curé de Pomponne.*

Un bloc de marbre est arrivé
  Des mines Carare,
Il était, dit-on, réservé
  Pour un monument rare;
D'une fille de l'Opéra
  Devien-il la baignoire?
    Ah!
  Il s'en souviendra,
    Larira,
S'il a de la mémoire.

Que sont devenus ces tableaux,
  Trésors de nos murailles,
Où les plus célèbres pinceaux
  Ont tracé nos batailles?

Quoi, celui d'Austerlitz sera
Perdu pous la victoire !
Ah !
Il s'en souviendra,
Larira,
S'il a de la mémoire.

Quel est ce vaste et grand palais
Nu comme ma bicoque ?
Naguères des exploits français
Il rappelait l'époque ;
Des reliefs, sur ce mur-là,
En retraçaient l'histoire :
Ah !
Il s'en souviendra,
Larira,
S'il a de la mémoire.

D'où nous vient cet égarement,
Dans le siècle où nous sommes ;
Veut-on troubler, en ce moment,
La cendre des grands hommes ?
Quoi le Panthéon cessera
D'être un temple à la gloire !
Ah !
Il s'en souviendra,
Larira,
S'il a de la mémoire.

ÇA FAIT BIEN DU MAL.

Air : *Ah! Jeannot me délaisse.*

La petite Suzètte,
En passaut dans le bois,
Perdit une fleurette
Qu'on ne perd qu'une fois ;
Son amant infidèle,
En ce moment fatal,
Pour toujours fuit loin d'elle....
Ah ! ça fait bien du mal. *(bis.)*

Perdre amant et fleurette :
Jugez de son regret !
Des cris de la pauvrette
Retentit la forêt ;
En vain elle rappelle
Cet amant déloyal,
Il est déjà loin d'elle...
Ah ! ça fait bien du mal !

Fillettes du village,
Ah ! craignez qu'une fois
Un amant trop volage
Vous conduise en ce bois ;

Et plaignez de Suzette
Le chagrin sans égal :
Perdre amant et fleurette,
Ah! ça fait bien du mal !

LE COMTE BLEU.

Air : *Le comte Ory.*

Le comte *Bleu*, noble et vieux châtelain
En équipage,
Comme un seigneur suzerain,
Vient rendre hommage
A notre bon souverain.   *(bis.)*

Lui, qui jadis eut, avec trois châteaux,
Droit de jambage,
Droit de mort sur ses vassaux,
Droit de cuissage,
Et tous les droits féodaux.

Qui, dès trente ans, logé dans le marais,
Pour se distraire,
Instruit ses fils, grands niais,
Dont il veut faire
Des soldats en tems de paix.

Qui n'a jamais, on ne sait trop pourquoi,
Pris la défense
De la ligue, ni du roi ;
Ce trait, je pense,
Fait l'éloge de sa foi.

Jamais, non plus, on n'entendit son nom
A la tribune,
Ni sous le feu du canon ;
Mais sa fortune
Vaut, dit-il, un grand renom.

A son avis, tous les grands de ce jour
Sont des bélîtres
Qu'il faut chasser de la cour ;
Seul, par ses titres,
Il doit plaire en ce séjour.

Voici le mal : un prince respecté
De sa présence
Eloigne la nullité,
Sans récompense,
Mais toujours avec bonté.

Le comte *Bleu*, sournois, un peu têtu,
Vient de l'apprendre

7

Sans en paraître abattu,
Et va se pendre
Pour nous prouver sa vertu.

Imitez-le, mécontens à partis,
Je vous en prie,
Pendez-vous grands et petits;
Ma confrérie
Vous enterrera gratis.

~~~~~~~~~~~~~~~~~~~~~~~~~~~~~~

LE TAMBOUR MAJOR DANS SES RÉFLEXIONS.

AIR : *Dans cette maison à quinze ans.*

Peut-on êtr' le tambour major
D'un' légion qu'est sans pareille,
Sans casser sa canne à pomm' d'or
Sur c' tapin qui m' déchir' l'oreille ?
Eh !... dis donc, tambour, halte-là !
L'chien fait semblant de n'pas m'entendre...
Peut-on bien rabotter comm' c'la
Me r'passé-z-un *ra* pour un *fla !*
Ah! mil-zieux! que j' voudrais l' voir pendre.

On prétend qu' not' vieux colonel
Doit épouser un' jeun' novice,
Et dit, qu'en la ram'nant d' l'autel,
A l'instant, il quitt'ra l' service;
Sa nouvell' femm' lui dit à c'la
Vous auriez mieux fait d' n'en pas prendre...
Mais qu' fait donc c' maudit tapin-là ?
M'raboté-z-un *ra* pour un *fla* !
Ah! mil-zieux! que j' voudrais l' voir pendre.

C'est d'main la fête d' not' major,
Il faut bien que je la l'i sou'aite;
Il n'a pas cinquante ans encor,
C'est égal, j' l'i f'rai batt' la r'traite :
C'te marche ou d'aut', que l'i fait c'la ?
C' nouveau v'nu n'peut rien y comprendre...
Mais qu' fait donc c' maudit tapin-là ?
M' raboté-z-un *ra* pour un *fla* !
Ah! mil-zieux! que j' voudrais l' voir pendre.

On dit qu'on m' f'ra battre l'rappel
Pour tous l'-z-officiers à d'mi'tasse;
Aucun d'eux n' manq'ra-z-à l'appel
S'il faut qu'aux enn'mis on en r'passe;
L'aut' minist'e n'parlait pas d' c'la,

Est-c' donc qu'il voulait nous en r'vendre.....
Mais qu' fait donc c' maudit tapin-là ?
M' raboté-z-un *ra* pour un *fla !*
Ah! mil-zieux! que j' voudrais l' voir pendre.

J' dors trop maint'nant, et c' grand sommeil
M'rend mou comme un' peau d'caiss' mouillée ;
Quand pourrai-j' fair' battre l'réveil
Par d'vant tout' l'armée éveillée
Un certain duc m'observe à c'la ,
Qu'nous somm'pas dans l' cas d' nous défendre.
Mais qu'fait donc c'maudit tapin-là ?
M' raboté-z-un *ra* pour un *fla !*
Ah! mil-zieux! que j' voudrais l'voir pendre.

L'HEUREUX RETOUR.

Air à faire.

Lorsque l'aquilon, dans nos plaines,
Arrête le cours des ruisseaux,
Et qu'il n'est plus pour les oiseaux
Ni fleuve, ni fruits, ni fontaines ;
Alors les bergers d'alentour
Se consumant dans la tristesse,
Du printems demandent sans cesse
L'heureux retour.

Lahire, en partant pour la guerre,
Laisse Elvire dans les douleurs ;
Malgré ses regrets et ses pleurs
Il quitte cette heureuse terre :
L'honneur, la victoire et l'amour,
Partout accompagnent Lahire,
Il revient dans les bras d'Elvire,
     Heureux retour !

Lorsque les heures consolantes
Auront sonné le doux instant
Où ton ami tendre et constant
Doit presser tes lèvres brûlantes ;
Alors, ce guerrier troubadour
Plein du feu qu'amour seul inspire,
Chantera bien mieux sur sa lyre
     L'heureux retour.

~~~~~~~~~~~~~~~~~~~~~~~~~~~~~~~~~~~~~~~

LE MANCHOT.

AIR : *Mon galoubet.*

    Je n'ai qu'un bras, *(bis.)*
L'autre, en fourrier, va préparer mon gîte
Où tout mortel loge après le trépas.
Belles venez dans les lieux que j'habite,
Ne craignez pas l'effet d'une visite :
    Je n'ai qu'un bras. *(bis)*.

Je n'ai qu'un bras ;
Mais qu'un tendron vienne et me verse à boir
Qu'Amour ou Mars m'offre encor des combats :
J'entends Bacchus, l'Amour et la Victoire
Me dire encor de chanter à leur gloire :
Je n'ai qu'un bras.

Je n'ai qu'un bras :
Lorsque, par fois, une vieille coquette
Et frais minois trébuchent dans mes lacs,
J'offre ce membre à la jeune poulette,
Et je répète à l'antique indiscrette :
Je n'ai qu'un bras.

Je n'ai qu'un bras ;
Que jeune prude aimante, aimable et belle
Contre l'Amour retranche ses appas ;
Elle devient plus douce et moins cruelle,
En observant que pour triompher d'elle
Je n'ai qu'un bras.

Je n'ai qu'un bras,
Lorsqu'un ministre abuse ou persécute
Les vieux guerriers soutiens de nos états ;
Que de son poste il fasse la culbute,
Pourrais-je bien l'arrêter dans sa chûte ?
Je n'ai qu'un bras.

L'ÉLECTION DE 1819.

AIR : *De la bonne humeur et du bon vin.*

Francs , unissons-nous dans nos cités ;
        La Patrie
        En ce moment s'écrie :
Nommez vite, pour vos députés,
Les défenseurs de vos libertés.

A ce choix, notre unique espérance,
Et tous nos intérêts sont liés ;
Préférons les amis de la France
A ceux de nos très-chers alliés.
    Francs , *etc.*

Ne nommons pas cet énergumène
Qui tout nouvellement converti,
Crie en tous lieux , gronde, ou se démène
Et ne peut que perdre un bon parti,
Francs , *etc.*

Laissons , avec sa vieille rancune ,
Ce chef zélé d'une faction ;
Qui dans une faconde importune
Ne veut ni d'*oubli* ni d'*union.*
Francs , *etc.*

Point de ces orateurs à deux faces
Par qui tous les devoirs sont trahis ;
De ces gens prompts à chercher des places,
Et lents à défendre leur pays.
Francs, *etc.*

Point d'*Ultra*, si la chose est possible,
Quelque parti qu'il puisse adopter ;
Cette engeance est pourtant bien risible...
Mais est-ce l'instant de plaisanter ?
Francs unissons-nous dans nos cités ;
  La Patrie
  En ce moment s'écrie :
Nommez vîte, pour vos députés
Les défenseurs de vos libertés.

LE RÉVEIL DU SOLDAT.

Air à faire.

Réveillez-vous, amis quittons ces champs ;
 Déjà je vois naître l'aurore,
A sa clarté je distingue les camps
 Où l'ennemi repose encore ;
Courons, volons, prévenons sa fureur,
 Méprisons ses vaines alarmes,
 Et que la force de nos armes
Porte partout le trouble et la terreur.

Vengeons la mort de ces braves guerriers
Qui nous conduisaient à la gloire ;
Sur leurs tombeaux, ombragés de lauriers,
Sacrifions à leur mémoire.
Tel qu'un torrent qui fuit avec effort
Les monts frappés par les tempêtes,
Courons, et lançons sur leurs têtes
Les traits certains de la plus prompte mort.

Soyez humains autant que valeureux :
Songez au milieu du carnage
Qu'un bon français doit être généreux,
Même envers celui qui l'outrage ;
Pour l'ennemi qui vient se prosterner,
Doit-on se montrer inflexible ?
Non ; s'il est beau d'être invincible,
Il est plus grand de savoir pardonner.

CONSEIL A ÉVÉLINE.

AIR : *Dans un bois solitaire et sombre.*

Belle rose, tu viens d'éclore,
Et déjà, pour t'épanouir,
Zéphir a devancé l'aurore ;
De ses baisers crains de jouir.

C'est en vain que je te conseille,
Tu cèdes à ce séducteur....
Belle fleur, tu n'es plus vermeille,
Et tu n'as plus d'admirateur.

Vois ce zéphir, mon Éveline,
Et d'amour crains la douce erreur :
De la fleur n'offre que l'épine,
Aux regrets dérobe ton cœur.

LE BON CURÉ.

RONDE.

AIR : *De la ronde de Madelinette.*

Ah ! c'est vraiment un honnête homme,
Le curé de Saint-Robertus ;
Aussi, chez nous on le renomme
Pour son esprit et ses vertus. *(bis).*

Tous les jours il dit ses deux messes,
Pour que tous les grands et les rois
Soient fidèles à leurs promesses,
Respectent le peuple et les lois.
Ah ! c'est vraiment un honnête homme !

etc.

Il sait rapprocher les familles
Que divisent de vains partis ;
Pour rien il confesse les filles ,
Et même il enterre gratis.
Ah ! c'est vraiment un honnête homme !
etc.

Quand un sot trépasse', il l'envoie
Sans balancer en Paradis ;
Pour tous les méchans , avec joie ,
Il dirait un *de profundis.*
Ah ! c'est vraiment un honnête homme !
etc.

Il prêche toujours l'Évangile ,
Et sa morale et ses succès ;
Mais il blâme toute vigile ,
Et craint le carême à l'excès.
Ah! c'est vraiment un honnête homme !
etc.

En priant les Saints et la Vierge ,
Tous les matins et tous les soirs ,
Il laisse brûler chaque cierge
Et supprime les éteignoirs.
Ah ! c'est vraiment un honnête homme!
etc.

Il nous parle peu de miracles ,
Jamais il ne lit un journal ,

Il n'approche pas des spectacles ,
Mais il n'en dit pas trop de mal.
Ah ! c'est vraiment un honnête homme !
etc.
Il montre des jeux à l'enfance
Et , bien loin de s'en offenser,
Aux filles il permet la danse ,
Et ne défend pas de walser.
Ah ! c'est vraiment un honnête homme !
etc.
Il n'eut jamais de goûts frivoles :
Songeant à nos futurs destins ,
Il ne soutient pas les écoles
De nos frères ignorantins.
Ah ! c'est vraiment un honnête homme !
etc.
Fénélon , de notre contrée ,
S'occupant du moindre détail ,
S'il trouve une vache égarée
Il la reconduit au bercail.
Ah ! c'est vraiment un honnête homme !
etc.
Qu'importe à ce digne et bon père
Qu'on soit quaker , juif ou chrétien ;
Dans tout brave homme il aime un frère,
Et du pauvre il est le soutien.
Ah ! c'est vraiment un honnête homme !

Soyez roturiers, sans bassesse,
Il vous préfère aux châtelains ;
Mais, nobles, sans délicatesse!...
Il ne voit en vous que vilains.
Ah ! c'est vraiment un honnête homme !
etc.

Ce Pasteur jamais n'apostrophe
Les Ministres, les Potentats ;
Il est même un peu philosophe,
Et boit avec les bons soldats.
Ah ! c'est vraiment un honnête homme !
etc.

Se rappelant que la victoire
Vingt ans nous couvrit de lauriers:
Il veut qu'on parle de la gloire,
De nos braves et vieux guerriers.
Ah! c'est vraiment un honnête homme !
etc.

REVUE.

Air: *Ah ! qu'il est drôle !*

Je vois ce bon et vieil époux,
Dieu! qu'il est drôle !
Qui, non sans motif, est jaloux
Et se désole ;

8

Sa femme lui dit d'un air doux :
     Mon Dieu ! qu'il est donc drôle !
C'est fait, mon ami, taisez-vous.
     Ah ! qu'il est drôle !

Ce gastronome chânsonnier,
     Dieu ! qu'il est drôle !
Qui va chanter un cuisinier
     Pour une sole,
D'Apollon ceignit le laurier,
     Mon dieu ! qu'il est donc drôle !
Avec les rats de son grenier.
     Ah ! qu'il est drôle !

Un marquis plein de vanité,
     Dieu ! qu'il est drôle !
Qui porte une épée au côté,
     Par gloriole,
Veut, pour la féodalité,
     Mon dieu ! qu'il est donc drôle !
Changer un peu de liberté.
     Ah ! qu'il est drôle !

Un jeune orateur impudent,
     Dieu ! qu'il est drôle !
Qui, sournois, tartuffe et pédant,
     Sort de l'école,

Et veut à chaque indépendant,
Mon dieu, qu'il est donc drôle !
Bien prouver qu'il garde une dent.
Ah ! qu'il est drôle !

Ce prêtre orgueilleux apostat,
Dieu ! qu'il est drôle !
Qui, pour femme du Tiers-état,
Changea l'étole ;
Vient de lire le Concordat,
Mon dieu ! qu'il est donc drôle !
Et regrette le célibat.
Ah ! qu'il est drôle.

Ce délateur de nos exploits,
Dieu ! qu'il est drôle !
Lui qu'on vit chanter autrefois
La *Carmagnole*,
Fait la critique de nos lois,
Mon dieu ! qu'il est donc drôle !
La charte le met aux abois.
Ah ! qu'il est drôle !

Ce journaliste, plat valet,
Ah ! qu'il est drôle !
Qui recevrait bien un soufflet
Pour une obole ;

Depuis vingt ans , sans nul regret ,
.Mon dieu ! qu'il est donc drôle !
Tous les jours change de bonnet.
Ah ! qu'il est drôle !

LE BANNI.

Air : d'*Azindaï*.

On me l'ordonne , ô belle France !
C'en est donc fait., il faut te fuir ;
Aux bords lointains, sans espérance
     Je vais languir. *(bis.)*
Sous ton beau ciel, chère Patrie ,
Il n'est plus d'asile pour moi ;
Mais le dernier vœu de ma vie
     Sera pour toi. *(bis)*.

C'est en vain que le sort m'opprime,
J'aime ta gloire et tes hauts-faits ;
Ce noble amour fut mon seul crime,
     Je suis Français.
Sans murmurer , ô ma Patrie !
Du destin je subis la loi ,
Et le dernier vœu de ma vie
     Sera pour toi.

Vous, défenseurs de l'innocence,
Et derniers soutiens du malheur,
De vos bienfaits la récompense
  Est dans mon cœur.
Sois leur propice, ô ma Patrie !
Que tou. les maux tombent sur moi;
Et le dernier vœu de ma vie
  Sera pour toi.

Las pour jamais, puisqu'on m'exile,
Sans espoir, sans bien, sans secours;
J'irai peut-être *au champ d'asile*
  Finir mes jours.
Loin de ton sol, ô ma Patrie !
Je verrai la mort sans effroi,
Et le dernier vœu de ma vie
  Sera pour toi.

Si le trépas, qu'il faut attendre,
Du sort appaise le courroux ;
Bons Français, réclamez ma cendre,
  Elle est à vous.
Que sur ma tombe, ô ma Patrie !
On grave : Il fut de bonne foi,
Et tous ses vœux, France chérie,
  Étaient pour toi.

L'ÉPICURIEN.

Air : *Les cors par leurs accords.*

Toujours
Par les amours ,
Je sens
Tous mes sens
Enchantés ,
Domptés.
Le vin ,
De mon chagrin ,
Réduit
Ou détruit
Les secrets
Progrets.
Admis
Chez mes amis ,
J'y vis , sur ma foi ,
Tout comme chez moi ;
Et je n'ai , pour tout bien
Rien
Que le nom d'Épicurien.

Un lit
Simple et petit
Suffit
A mon nid,
Sert mon goût,
En tout ;
Il sert
A mon couvert,
Aux jeux
Amoureux ;
Me tient lieu
De feu ;
J'écris,
Je chante et ris,
Tout cela sur lui,
Sans y voir l'ennui ;
Et je n'ai, pour tout bien,
Rien
Que le nom d'épicurien.

Les cours,
Ces beaux séjours,
N'ont pas
Grands appas,
Sur ma foi,
Pour moi.

Les grands
Et les hauts rangs
Font peur
Au bonheur,
Qui tôt fuit
Le bruit :
Doré,
Tout chamarré,
A-t-on plus d'honueur,
A-t-on meilleur cœur,
Que lorsqu'on n'a pour bien,
Rien
Que le nom d'Épicurien ?

Gaîté,
Bon vin, santé,
Amours
Sans atours,
Caressans,
Pressans ;
Plaisirs,
Brûlans desirs,
Charmez,
Ranimez
De mes jours
Le cours ;

Que vieux,
Non moins joyeux,
Je me dise encor
Fortuné, sans or ;
Et n'ayant, pour tout bien,
Rien
Que le nom d'Épicurien.

~~~~~~~~~~~~~~~~~~~~~~~~~~~~~~~~~~

UN BON MARI.

Air : *Ça m'est égal.*

Un bon mari   *(bis).*
A ma belle est bien sûr de plaire
Un bon mari,   *(bis.)*
Devra, sans jamais être aigri,
A tous ses desirs satisfaire :
Elle sait tout ce que doit faire
Un bon mari.   *(bis.)*

Un bon mari
Serait heureux avec ma belle,
Un bon mari
Croirait toujours être chéri ;

Elle serait même fidelle
En voyant sans cesse, auprès d'elle,
　　Un bon mari.

Un bon mari ;
La première nuit de sa chaîne,
　　Un bon mari
Pourrait bien être un peu marri ;
Mais elle est, dit-elle, certaine
Qu'on trompe, sans beaucoup de peine,
　　Un bon mari.

Un bon mari,
D'après ce que dit la friponne,
　　Un bon mari
Doit accueillir un favori ;
Je l'approuve, Dieu me pardonne !
Que sa mère vite lui donne
　　Un bon mari.

LE PÈRE ET SON FILS.

AIR : *Du major Palmer.*

— Vous marier à votre âge,
Eh ! mon père, y pensez-vous ?

— Que veut dire ce langage ?
 Mon fils!.. — Que, pour être époux,
 Il faut joindre à la jeunesse
 Cette ardeur qui, tous les jours,
 Renouvelle notre ivresse
 Dans l'âge heureux des amours.
— Je forme une douce chaîne....
— Vous faites votre malheur.
— Tu te donnes trop de peine.
— Moi, je tiens à votre honneur.
— Ma flamme est digne d'Adelle.
— Peut-elle la partager ?
— Elle me sera fidelle.
— C'est beaucoup trop exiger.
— Corbleu, respecte ton père.
— Je ne veux que le prier.
— Crains d'irriter ma colère.
— Craignez de vous marier.
— Pour se marier en sage,
 Tout honnête homme devrait
 Attendre jusqu'à mon âge.....
— Et le monde finirait.

LES TROIS PARTIES DU JOUR.

A IDOLA.

PREMIÈRE ÉPITRE.

LE MATIN.

Ne reviendras-tu pas habiter nos prairies ?
Le bélier de retour a chassé les frimats.
    Viens dissiper mes tristes rêveries,
Idola, mon amour t'appelle en ces climats ;
La fleur que tu chéris dans nos bois vient d'éclore,
    Oh ! viens revoir ces bois délicieux.
Tu te plais à rêver au lever de l'aurore,
    En ce moment que n'es-tu dans ces lieux :
        Le jour paraît, le ciel s'épure,
Du printems les oiseaux célèbrent le retour,
Tout s'émeut, tout renaît au sein de la nature,
Tout semble s'attendrir et respirer l'amour ;
Des bergers amoureux la troupe matinale
Couronne les coteaux, et chante les plaisirs ;
L'églantine s'entrouvre aux baisers des zéphirs
Dont le souffle s'unit au parfum qu'elle exale ;

L'arbuste, en déployant sa tige virginale,
Prête son ombre aux plus tendres desirs ;
L'époux quitte à regret la couche nuptiale,
Et porte à ses travaux les plus doux souvenirs ;
La clarté, des jaloux dissipe les alarmes ;
Tout respire pour le bonheur....
Moi seul ignore encor ses charmes ;
Rien ne peut tromper ma douleur,
Et les regrets, les soupirs et les larmes
Attristent, pour moi seul, ce spectacle enchanteur.

O toi ! qui seule et m'anime et m'embrase,
Pourquoi le sort t'éloigna-t-il de moi !
La nature, si belle, est muette sans toi ;
Ah ! reviens, tu peux seule exciter mon extase.

DEUXIÈME ÉPITRE.

MIDI.

Prodiguant ses rayons de la voûte éthérée,
Le soleil radieux, au milieu de son cours,
Fait pencher nos moissons vers la terre altérée ;
Les troupeaux haletans à l'ombrage ont recours ;
Et ton ami, rempli de ton image,
Cherche un abri sous la feuille des bois.

9

Où, guidé par son cœur, pour la première fois
Il sut à tes attraits offrir un juste hommage.
Ainsi qu'en ce beau jour, les pâtres rassemblés,
Ignorant les tourmens auxquels je suis en proie,
    Non loin de moi se livrent à la joie ;
Ainsi qu'en ce beau jour, tous leurs vœux sont coml
Je vois, au même lieu, la rose purpurine
      Dont l'aimable et vive couleur
      Imitait seule ta fraîcheur.
      Le saule qui vers moi s'incline,
Aux plaisirs, à l'amour offre encore un berceau ;
      Et, comme alors, de Philomèle
      Le chant de tendresse se mêle
      Au murmure de ce ruisseau.
      Mais tu n'es plus dans ce bocage,
      Et ce lieu dont je fus charmé
Ne m'offre plus qu'un asile sauvage
      Où tout paraît inanimé.
    Toi seule, ici, peux tout rendre à la vie ;
Sans toi, le printems même est sans zéphirs, sans fl
Les gazons émaillés me semblent sans couleurs,
Et de tous les plaisirs la douceur m'est ravie.

      O toi, que je ne puis nommer
    Sans éprouver un trouble extrême ;
    Mon Idole ! mon bien suprême !

Prouve-moi que tu sais aimer :
Reviens vers l'amant le plus tendre,
Rends le calme à son triste cœur...
Mais le sort, je viens l'apprendre,
Prolonge ton absence ainsi que ma douleur,
Et rien n'adoucit mon malheur,
Que les pleurs qu'il me fait répandre.

TROISIÈME ÉPITRE.

LE SOIR.

Le flambeau de ce monde a fini sa carrière:
Le laboureur abandonne les champs,
Et, pour lui prodiguer ses soins les plus touchans,
Sa compagne l'attend au seuil de sa chaumière.
De tems en tems quelques éclairs
Sortent de la nue embrasée ;
Mais déjà, sans orage, une douce rosée
Ranime l'herbe tendre et rafraîchit les airs.
Les hôtes de ces lieux, cachés sous le feuillage,
Ne font plus entendre leurs voix ;
Les troupeaux rentrent au village,
Et l'obscurité règne au milieu de nos bois.

Autrefois, Idola ! je pouvais à cette heure,
Avec plaisir, voir la fin d'un beau jour ;
Je dirigeais mes pas vers ta simple demeure
Et t'offrais un bouquet disposé par l'amour ;
Je recevais de toi le prix de ma tendresse,
Mille baisers enflammaient nos deux cœurs...
Mais hélas ! aujou-d'hui je foule aux pieds les fleurs,
Et rentre sous mon toit, pénétré de tristesse...

Ciel ! que vois-je ! un écrit vient me rendre l'espoir :
Demain... O jour heureux ! à peine je respire...
Demain... dans ce séjour... ô bonheur ! ô délire !
Demain, mon Idola, je vais donc te revoir !

Cette nuit, ma tant douce amie !
Si je m'endors, des songes consolans
Vont te livrer à mes transports brûlans
Et pourtant loin de moi tu seras endormie ;
Mais sans toi, rêver le bonheur
Est toujours un heureux mensonge ;
Pour la dernière fois, puisse encore un tel songe
Cette nuit abuser mon cœur.

MON GÉNÉRAL.

AIR : *La fanfare de Saint-Cloud.*

Oui morbleu , quoi qu'on en dise ,
Je regrette ces beaux jours
Où nous portions pour devise :
Dieu , la gloire et les amours.
Pour la guerre et la tendresse
J'imitais mon Général ;
Dieu , la gloire et ma maîtresse
Ne s'en trouvaient pas plus mal.

Je l'accorde à la censure ,
Ce chef d'ailleurs plein d'honneur ,
Souvent , pour la créature ,
Oublia le Créateur.
Mais au combat , près des belles
Je n'ai point vu son égal ;
Et moi , surtout auprès d'elles ,
J'imitais mon général.

Il cachait sous son armure
Un cœur tendre et généreux ;
Il détestait l'imposture ,
Aimait faire des heureux ;

Il aimait chanter et rire,
Et ne buvait pas trop mal;
Et ma foi, s'il faut le dire,
J'imitais mon Général.

Sa bourse était peu comblée
Du beau métal du Pérou,
Et parfois dans la mêlée
Il n'exposa pas un sou.
J'en conviens, dans l'opulence,
Il fut par trop libéral...
Enfin, il fait abstinence;
J'imite mon Général.

Admirateur de son zèle
Pour l'honneur de nos drapeaux,
De loin suivant ce modèle,
J'avais part à ses travaux;
Son sabre, chose certaine,
A l'ennemi fut fatal;
Mais mon Général rengaîne :
J'imite mon Général.

L'INGÉNUE ALLEMANDE.

AIR : *Ah! vous avez des droits superbes.*

Plaignons l'ingénue allemande ,
Plaignons-la tous à qui mieux mieux ;
A nous elle se recommande
Par sa fraîcheur et ses beaux yeux ;
L'amant qui depuis peu l'enchaîne
Lui fit , dit-elle avec candeur ,
Quinze enfans dans une semaine :
Ah ! bon dieu, bon dieu, quel malheur!

Mon amant , dit l'aimable blonde ,
Est né français , quel embarras !
Ces enfans, une fois au monde,
Hélas ! ne me comprendront pas ;
A peine entendais-je leur père ,
Quoiqu'il parlât avec chaleur ;
Je vais leur paraître étrangère ,
Ah, bon dieu, bon dieu, quel malheur !

Leur père a le casque à panache,
Le grand sabre droit comme un jonc ;
Il porte même une moustache
De sept à huit pouces de long ;

En naissant dans cet équipage
Qu'ils vont me causer de frayeur !
S'ils sont avec arme et bagage ,
Ah ! bon dieu , bon dieu , quel malheur !

A M. LE DOCTEUR S***.

AIR : *A coup d' pied , à coup d' poing.*

Docteur , on dit que du cerveau,
Par un procédé tout nouveau ,
Vous chassez la mélancolie;
Que vous guérissez tous les fous ,
Pour peu qu'ils le soient moins que vous:
    Mon cher docteur,
  Je suis observateur ;
Guérissez-moi de cette folie.

J'observe donc , et j'aperçois
Un rédacteur qui , mille fois ,
Dans une farouche homélie ,
Maudit , à tort comme à travers ,
Notre siècle et tout l'univers ;
    Mon cher docteur,
  C'est un très-pauvre auteur,
Guérit-on bien de cette folie ?

Un noble et triste châtelain
Qui critique le Souverain ,
Et dans tous les tripots publie
Qu'il fût du trône un ferme appu
Mais qu'on est ingrat envers lui.
Mon cher docteur ,
Lorsqu'on est imposteur ,
Guérit-on bien de cette folie ?

Un pauvre rentier , grand frondeur ,
Qui s'endort sur le moniteur ,
Et dans un rêve heureux oublie
Qu'il n'a pas de quoi déjeûner ,
Lorsque tous les rois vont dîner.
Mon cher docteur ,
C'est un vieux radoteur ;
Guérit-on bien de cette folie ?

Ce valet , jadis émigré ,
Se croit , depuis qu'il est rentré ,
Digne d'une conétablie ;
Mais pourtant il devient discret
Et ne veut être que préfet.
Mon cher docteur ,
Il aime la grandeur ,
Guérit-on bien de cette folie ?

J'entends un ultra fort ardent ;
Plus loin, un jeune indépendant,
Tous deux, d'une voix affaiblie,
Crier après un modéré
Qui veut sermoner un curé :
    Mon cher docteur,
    Chacun a son erreur ;
Guérit-on jamais de sa folie ?

Je remarque un solliciteur,
Gauche et fluet adulateur,
Qui chez tous les grands s'humilie ;
On déplace un homme de bien
Pour caser cet homme de rien.
    Mon cher docteur,
    C'est un usurpateur ;
Guérit-on bien de cette folie ?

Je vois un marquis bien souvent,
Qui, malgré qu'il tourne à tout vent,
Ne croit pas son âme avilie
Il dénonce journellement
La moitié d'un département.
    Mon cher docteur,
    D'un méchant délateur
Guérissez, guérissez la folie.

Une douairière à grand ton,
Pense, grâce à l'eau de Ninon,
Etre toujours jeune et jolie,
Et veut quelques jours, par ses soins,
Séduire deux princes au moins :
  Mon cher Docteur,
 D'un desir corrupteur,
Guérirez-vous jamais la folie ?

Quel est cet objet enchanteur ?
C'est l'image de la candeur,
De mille grâces embellies ;
On l'épouse, et le tout, dit-on,
N'est que fard, blanc, ouate et carton :
  Mon cher Docteur,
 De ce minois trompeur,
Guérirez-vous jamais la folie ?

Epouse depuis peu de tems,
Ida fut constante un printems;
Et, croyant sa tâche remplie,
Elle accorde des rendez-vous
Aux bons amis de son époux :
  Mon cher Docteur,
 De ce sensible cœur
Guérissez, guérissez la folie.

Sans compter mes pauvres couplets ;
Des épigrammes, des pamphlets,
Le nombre ici se multiplie ;
Les hommes, loin de s'appaiser,
Se déchirent, pour s'amuser ;
Mon cher Docteur,
Au nom de tout censeur,
Guérissez-nous de notre folie.

LE CHEVALIER ERRANT.

AIR : *J'aimais une jeune bergère.*

Amis déposons notre armure
A cet ormeau,
Près de l'agréable murmure
De ce ruisseau ;
Mais, hélas, comment nous distraire
En ce séjour ?
Parlons à ce lieu solitaire
De notre amour.

Je laisse Emma dans la tristesse,
Pour le tournoi ;
J'ai pour garant de sa tendresse
Ma bonne foi ;

Et sitôt après la victoire,
    Gaî troubadour,
J'irai lui chanter et ma gloire
    Et mon amour.

Doux sentiment des cœurs sensibles,
    Reste en mon cœur ;
Tu rends les guerriers invincibles
    Aux champs d'honneur :
Je vais paraître à la barrière,
    En ce beau jour,
Et je consacre ma carrière
    Au Dieu d'amour.

Beaux chevaliers, chantons nos dames
    Avec ardeur,
Celles qui disposent nos âmes
    A la valeur ;
Soupirant, pendant notre absence,
    Notre retour,
Leurs cœurs seront la récompense
    De notre amour.

LES OISEAUX.

Air : *Ah ! le bel oiseau, maman !*

Chantons tous , sous ces ormeaux,
Sans médire ,
Mais pour rire ,
Chantons tous , sous ces ormeaux,
Bien heureux sont les oiseaux.

Ils chantent sur les buissons ,
Ils chantent dans le bocage ,
Et ne font dans leurs chansons
Nulle faute de langage.
Chantons , etc.

Leurs instrumens sont moins chers
Que ceux du Conservatoire;
Mais jamais leurs doux concerts
N'épouvantent l'auditoire.
Chantons , etc.

Jamais ces chantres joyeux
Ne disputent , j'imagine,
Sur le nom de leurs aïeux :
Tous ont la même origine.
Chantons , etc.

Dignes serviteurs de Dieu ,
En Chine, en Afrique, en France ,
Pour leurs frères, en tout lieu ,
Ils ont de la tolérance.
Chantons , etc.

Sans avoir recours aux lois ,
Pour se prouver leur tendresse ,
Ils ont, dit-on , dans nos bois,
La liberté de la presse.
Chantons , etc.

Oui, cette espèce, en tout tems,
Se montre spirituelle ,
Et s'instruit, chaque printems ,
A l'école mutuelle.
Chantons , etc.

Ils n'ont , ces pauvres petits,
Ni mousquetons, ni mitraille;
Chez eux , jamais les partis
Ne font soûler la canaille.
Chantons , etc.

Dans cet univers entier ,
On ne voit, parmi ces bêtes,
Pas un seul banqueroutier ;
Les oiseaux sont gens honnêtes.
Chantons , etc.

Ils n'ont pas des magistrats
Pétris de vieilles rancunes,
Ni de savans avocats
Qui divisent leurs fortunes;
Chantons, etc.

On ne les voit pas souvent,
Nouvelles marionnettes,
Retourner au premier vent,
Ainsi que nos girouettes.
Chantons, etc.

~~~~~~

OH ! LE MÉCHANT.

Air du Vaud. de *Rose et Colas.*

Doris, vous répétez partout
Que l'amour n'est beau qu'en peinture
Il est pourtant bien de mon goût
Dans l'état de simple nature;
Mais lorsqu'il devient triomphant
D'un cœur créé pour la constance,
Et qu'il le prive d'espérance,
    Oh ! le méchant, le méchant !

Il est doux , tendre, affectueux ,
Il nous sourit , il nous caresse ,
On dit même qu'il rend heureux
Jusque dans sa bouillante ivresse.
Mais lorsqu'il frappe un tendre amant
D'un trait qui fait couler ses larmes,
Et qu'il lui dérobe ses charmes ,
 Oh ! le méchant, le méchant !

Il sait enchaîner, tour-à-tour ,
Tous les cœurs à son grand empire ;
Il réserve un tendre retour
A plus d'un amant qu'il inspire ;
Il arrache un aveu touchant
A plus d'une aimable rebelle ,
Mais il épargne la plus belle :
 Oh ! le méchant, le méchant !

PETITE ESQUISSE DE PARIS.

Air : *Je pars.*

Là , je puis voir
Dans son boudoir ,
S'admirant au miroir ,
Une vieille coquette ,

Pleine d'espoir
En son savoir,
Pour tromper l'œil ce soir,
Préparant sa toilette.

Ici, je puis voir un auteur,
Qui fort grand orateur,
Mais prêchant la morale,
Chaque mois, par malheur,
Ruine un éditeur,
Sans trouver un lecteur
Dans cette capitale.

Atalante,
Qui brillante,
Tient Dorante
Dans ses filets :
Va, je gage,
Mettre en gage
L'équipage
Et les valets.

Je vois Lise,
Qu'on méprise,
Donner prise
A tous passans,
Et Clitendre

La défendre,
Pour se rendre
Intéressant.

Je vois Mondor,
Vers son trésor,
Qui va, malgré son or,
Mourir de la gravelle ;

Un jeune époux,
Plein de courroux,
Qui se plaint en jaloux
Que sa femme est trop belle.

De jeunes et jolis garçons,
Affectant des façons,
Et grimaçant pour plaire ;

Un tendre et frais minois,
Qui, raisonnant parfois,
Parle de nos exploits
Comme un vieux militaire.

Un artiste,
Froid copiste,
A la piste
D'un rédacteur.

La chronique
Satyrique,

Qui s'aplique
Au pauvre acteur.

Quand l'intrigue,
Qui fatigue,
A sa brigue
Va tout devoir;
La misère
Désespère
L'homme austère
Dans son devoir.

Hélas !
Je ne finirais pas,
S'il fallait d'ici-bas
Peindre les ridicules ;
Peindre les grands,
gens
A tous vents,
Nos savans
Ignorans,
Et nos mamans
Crédules :
Mais non, je parlerais toujours ;
Terminons ce discours,
Car sans doute
On m'écoute,

Et, pour y mettre fin,
Je puis vous dire, enfin,
Que l'on est à Paris
Comme on y fut jadis.

POUR ELLE.

Air du Vaud. de *l'avare.*

C'est pour elle que je soupire,
Qu'un tendre feu vient m'agiter,
C'est par elle que je respire,
C'est elle que je veux chanter ;
Enfin, d'une ardeur éternelle
J'offre le tribut à l'amour,
Et si mes yeux aiment le jour
C'est lorsqu'ils sont fixés sur elle.

Quand je vois la rose nouvelle,
Je crois admirer sa fraîcheur ;
Le lys aussi me la rappelle
Par son éclatante blancheur ;
L'aurore n'est jamais si belle
Que le jour où je dois la voir,
Si ce jour comble mon espoir,
C'est que je le passe auprès d'elle.

Lorsque je parcours la prairie,
Ou de nos bois les beaux détours,
Le rossignol, l'herbe fleurie,
Tout me parle de mes amours ;
Tout semble animé par ma belle,
Tout la retrace dans mon cœur ;
Mais où trouver le vrai bonheur ?
Je sens que ce n'est qu'auprès d'elle.

O MES AMIS !
VIVONS EN BONS CHRÉTIENS.

AIR : *Ronde du camp de Grandpré.*

Mes Amis, dit Voltaire,
Vivons en bons chrétiens ;
L'avis est salutaire,
Sans peine, j'en conviens :
Des haines satisfaites
Ont rompu nos liens....
Nos sottises sont faites :
Vivons en bons chrétiens.

Faut-il toujours médire ?
Cela fût-il permis,

Le fouet de la satire
Nous fait-il des amis ?
Son coup frappe et divise
Nobles et Plébéïens.
Préférons ma devise :
Vivons en bons chrétiens.

Je blâme vos folies,
Détracteurs de nos lois,
De mes simples saillies ,
Vous vous moquez par fois :
Vos défauts sont blâmables ;
Mais n'ai-je pas les miens ?
Soyons tous raisonnables ,
Vivons en bons chrétiens.

On dit, et j'aime à croire,
Que jamais le méchant
Ne laisse à la mémoire
Un seul regret touchant ;
Quand sa tombe se ferme
Voit-on gémir les siens ?...
En attendant ce terme ,
Vivons en bons chrétiens.

Rapprochons nos familles,
Sans fiel , sans vanité ;
A nos fils , à nos filles
Inspirons la gaîté ;
Pensons à nos fortunes ;
Mais , fussions-nous payens ,
Plus de vieilles rancunes :
Vivons en bons chrétiens.

Plus de sottes querelles ,
De malins quolibets ,
Plus de méchans libelles ,
Plus d'ennuyeux couplets ,
Et pour vous satisfaire
Je puis , je le soutiens ,
Commencer... par me taire :
Vivons en bons chrétiens.

QUESTION D'AMOUR.

Air : *Dans un ciel pur et sans nuage.*

Le doux sommeil fuit ma paupière,
Un feu soudain vient me saisir,
Et je ne revois la lumière
Que pour former un seul desir.

Mon âme troublée et ravie,
Jouit et souffre en un moment :
Ah ! dites-moi, ma bonne amie,
Comment nommer ce sentiment ?

Lorsque toujours la même image
Vient se présenter à nos yeux,
Qu'un seul objet a notre hommage,
Qu'on le cherche et trouve en tous lieux ;
Lorsque de sa plus douce envie
On fait son plus cruel tourment :
Ah ! dites-moi, ma bonne amie,
Comment nommer ce sentiment ?

Quand nous aimons la solitude,
Quand nous sommes tristes, distraits,
Quand les arts, l'amitié, l'étude
Perdent leurs innocens attraits ;
Lorsqu'on ne tient plus à la vie,
Que par ce même égarement :
Ah ! dites-moi, ma bonne amie,
Comment nommer ce sentiment ?

LE BOIS D'AMOUR.

Air : *Depuis long-tems, gentille Annette.*

Dans le vallon qui m'a vu naître,
Dès que le jour vient à paraître,
Tous les bergers, au même instant,
Se réunissent, en chantant,
Près d'un riant et verd bocage
Que l'on nomme dans mon village
    Le bois d'amour. *(bis.)*
  Venez pasteurs fidèles,
  Constantes pastourelles,
Venez, venez dans ce riant séjour,
Venez, venez dans le bois d'amour.

Ce petit bois tranquille et sombre
A nos plaisirs offre son ombre,
Et les dérobe à tous les yeux
Par un charme mystérieux ;
Mais lorsqu'un pasteur est parjure,
L'écho raconte son injure
    Au bois d'amour.
  Venez, *etc.*

Un clair ruisseau, sous cet ombrage.
S'il ne réfléchit notre image ,
Dans son cristal, offre à nos yeux
L'image d'un rival heureux :
Souvent la bergère craintive
Maudit cette indiscrette rive ,
  Au bois d'amour.
  Venez , *etc.*

Le dernier cri de l'innocence ,
Parfois, vient troubler son silence ,
Mais le zéphir , discret témoin ,
L'emporte et va le perdre au loin.
Sans crainte, on peut à la tendresse
S'abandonner , avec ivresse ,
  Au bois d'amour.
  Venez pasteurs fidèles ,
  Constantes pastourelles ,
Venez, venez dans ce riant séjour,
 Venez, venez dans le bois d'amour.

LICENCIEMENT.

Air : *Du pas redoublé.*

Que dit-on ? pauvre La Valeur,
　Ton corps va se dissoudre !
Rien n'est égal à ta douleur,
　C'est un vrai coup de foudre.
Mais pour fuir un drapeau proscrit
　En vain tu te gendarmes ;
Renonce même à ton habit,
　Et conserve tes armes.

Ainsi s'exprimait, près de Tours,
　En mordant sa moustache,
La Valeur, qu'on nomma toujours
　Le grenadier sans tache.
Il s'écriait : Vieux fantassins,
　Hussards, lanciers, gendarmes,
Cédons aux destins assassins,
　Mais conservons nos armes.

Puisque la moisson des lauriers
　Est déjà terminée,
Allons jouir dans nos foyers
　D'une paix fortunée :

Nous ne verrons plus, je le crois,
La guerre et ses alarmes ;
Fions-nous au traité des rois :
Mais conservons nos armes.

Nous ne voyons pas sur ce bord
Eclater le salpêtre ;
Tous les Souverains sont d'accord :
Les peuples doivent l'être....
Les alliés se disent las
De voir couler des larmes ;
Je le crois, je n'en doute pas :
Mais conservons nos armes.

Ces *héros*, à tems oportun,
Ont cajolé Bellonne,
Ils ont vaincu douze contre un,
Que le ciel leur pardonne !
Chez eux, on dit qu'ils vont rentrer,
Cet espoir a des charmes,
Tâchons de nous en pénétrer :
Mais conservons nos armes.

L'AVEU.

AIR connu.

—Pleine de confiance,
Venez, aimable sœur,
Comptez sur l'assistance
De votre directeur.
—Hélas, hélas ! mon père,
Je tremble malgré moi ;
Je crains votre colère,
Et je ne sais pourquoi.

—Parlez sans vous contraindre;
Quels que soient vos péchés,
Ils seront plus à craindre,
Si vous me les cachez.
—Hélas, hélas! mon père,
J'aime le jeune Eloi ;
Je le cache à ma mère,
Et je ne sais pourquoi.

—C'est bien mal, ce me semble;
Mais dites, mon enfant,
Quand vous êtes ensemble,
Que vous dit cet amant ?

— « Ma Lise , je t'adore ,
» Je ne vis que pour toi. »
Moi, je dis plus encore ,
Et je ne sais pourquoi.

—Mais le jeune homme est leste ;
Quand il vous dit cela ,
Ne fait-il aucun geste ,
En reste-t-il donc là ?
—Un baiser qu'il me donne
Me met tout en émoi ;
La force m'abandonne ,
Et je ne sais pourquoi.

—En telle circonstance ,
Eloi doit être fort ;
Contre votre innocence
Ne fait-il nul effort ?
—J'ignore, sur mon âme ,
Ce qu'il fait ; mais ma foi ,
Dans ses bras je me pâme...
Et je ne sais pourquoi.

—Placez-vous là , ma fille ,
Il faut me dire , ici ,
Me dire si ce drille
Vous fait comme ceci....

—Ah ! quel trouble m'agite !
Ainsi me fait Eloi,
Mais il va bien plus vîte :
Et je ne sais pourquoi.

—Allez, allez ma bonne,
A ce péché discret
Le ciel dit qu'il pardonne,
Mais gardez le secret.
—Heureuse pécheresse,
Je reviendrai, ma foi,
Tous les jours à confesse,
Et je sais bien pourquoi.

L'INCONSTANT CONVERTI.

AIR : *Ce jeune homme depuis huit jours.*

Autrefois de mille beautés
Tour à tour j'encensais les grâces,
Toutes étaient mes déités,
De toutes je suivais les traces.
Je savais fort bien exprimer
Le feu du plus tendre délire....
Mais depuis que je sais aimer,
Hélas ! je ne sais plus le dire.

Unissant, avec volupté,
L'Amour, Bacchus et la Folie,
Je ne respirais que gaîté,
Ma coupe était toujours remplie :
Près de l'objet de mon ardeur
Aujourd'hui je souffre et soupire :
Un feu cruel brûle mon cœur,
Mais je n'ose pas le lui dire.

Si tu devines mes tourmens,
Daigne être sensible à ma peine ;
Souris aux plus doux sentimens,
Allège le poids de ma chaîne ;
Tu peux disposer de mon sort,
Oui, pour toi seule je respire :
Je sais t'aimer avec transport,
Mais je ne sais pas te le dire.

L'ÉLECTEUR DANS L'EMBARRAS.

AIR : *De la Hullin.*

D'où me viennent
Tous ces écrits ?
Voyons, voyons ce qu'ils contiennent :

J'en connais, je crois, tout le prix,
Grâce à la poste de Paris :

— « Cher collégue, sans faiblesse
» Accordez-nous votre voix ;
» C'est dans la vieille noblesse
» Qu'il faut fixer votre choix ;
         » Cette classe
      » D'honnêtes gens
» Desire qu'à l'instant on chasse
» Tous ces libéraux affligeans,
» Attendu qu'ils sont exigeans.
   » Avec nous, je le confesse,
   » On ne vous parlera plus
   » De liberté de la presse,
   » Ni d'autres droits superflus.
         » Le commerce
      » S'augmentera,
» Chacun aura sa pièce en perce,
» Et tout le peuple chantera :
» *Vive... quand même... et cœtéra.* »

— « Cher électeur, soyez ferme,
» On réclame votre appui :
» Il est tems de mettre un terme
» Aux blasphêmes d'aujourd'hui.

» Que l'on nomme ,
» Pour député ,
» Un religieux et saint homme,
» Qui du pasteur , avec bonté ,
» Éloigne enfin la pauvreté. »

» — Électeur, mon cher collègue ,
» Je réclame aussi vos soins ;
» On prétend que je suis bégue ,
» Mais je n'en parle pas moins :
» Pour la brigue
» Des modérés ,
» Que , dans ce jour, chacun intrigue ;
» Je suis l'un de ses chefs sacrés ,
» Et qui plus est, des plus outrés. »

—« Aux électeurs de la Seine :
» Chers collégues , cette fois,
» Vous adopterez, sans peine,
» Mes principes et mon choix :
» Je propose ,
» Pour député ,
» Un écrivain qui se dispose ,
» A défendre , avec fermeté,
» Et la charte et la liberté.

» De celui qu'on vous propose
» Ne croyez pas aux vertus ;
» C'est sur *moi* qu'on se repose
» Pour réprimer les abus.
» *Moi* qui prône
» Tous mes hauts faits ,
» (Et je sais bien ce qu'en vaut l'aune!)
» Seul dois mériter vos bienfaits,
» Pour tous les efforts que je fais.
» J'aimerai l'indépendance ,
» Le ministère et le Roi ,
» Tous les partis de la France
» Auront un soutien en *moi* ;
» *Moi* , du zèle
» Et de l'honneur ,
» Le Héros le parfait modèle ,
» *Moi* , dont on connaît la valeur ,
» La modestie et le grand cœur.
» Je suis certain de vous plaire ,
» Car je fais peu de discours ;
» Et lorsque je veux en faire
» Ils ne sont jamais trop courts.
» Je suis riche ,
» Et de mon bien ,
» On le sait , je ne suis pas chiche ;

» Grâce à *moi*, son digne soutien ?
» La France ne manque de rien. »)

Dieu ! que de gens de mérite
Dignes d'être députés ;
Suivons ces avis de suite ,
C'est par eux qu'ils sont dictés.
Ils se vantent
Peut-être un peu...
Oui, tant de vertus m'épouvantent...
C'est que ceci n'est point un jeu...
Pour qui dois-je émettre mon vœu?
Il n'en faut qu'un , et je gage
Qu'un cent se présentera ;
Mais j'apprends, qu'au ballotage ;
Entre deux on optera.
Vîte et vîte
Courons voter ,
Suivons la foule qui s'agite.
Que de gens viennent m'accoster !
Est-ce moi qu'on veut balloter ?
L'un nomme Jean, l'autre Pierre,
En m'indiquant le scrutin ;
Plus je cherche la lumière,
Et plus je marche incertain ;

12

Je me presse
Envain le flanc,
Pour m'inspirer dans ma détresse,
Tout m'enbrouille, enfin, je suis franc
Je n'ai remis qu'un vote blanc.

LE HIBOU.

AIR : *Si j'étais joli bouquet.*

Un hibou gardait un jour
Jeune et tendre tourterelle,
Et l'affreuse sentinelle
Sans cesse éloignait l'amour.
Mais le dieu se métamorphose,
Invoquant les légers zéphirs,
Il s'abandonne à leurs soupirs,
Caché dans le sein d'une rose.

Le hibou voit cette fleur
S'élever sous le feuillage,
Et veut en offrir l'hommage
A l'objet de son ardeur :
Il saisit la nouvelle éclose,
Vient la déposer sur le nid....
L'amour se tait, mais il sourit,
Et la belle reçoit la rose.

Par un charme séducteur,
Cette aimable tourterelle
Caressait la fleur nouvelle,
Et la pressait sur son cœur.
Sans craindre la métamorphose,
De la fleur espérant le sort,
En paix, le vieux jaloux s'endort,
Et l'amour parait dans la rose.

Vains ennemis des amours,
Vous, qu'un pareil sort menace,
Redoutez la fière audace
Du dieu qui charme nos jours.
Vous voyez comment il s'expose,
Mais sachez qu'il fit plus encor :
La tourterelle prit l'essor,
Et suivit l'Amour et sa rose.

LE BAL DU MARDI GRAS.

AIR : *V'la c' que c'est qu' d'aller au bois.*

On m' dit qu' ce soir on donne un bal
Pour célébrer l' jour d' carnaval ;
L' per' Babin suivant ses coutumes,

Fournit les costumes,
Les chapeaux, les plumes,
Et tous les masques qu'on voudra,
D'après l'argent qu'on donn'ra.

AIR : *La fanfare de Saint-Cloud.*

Ayant appris ça j' me place
Dans un' loge d' l'opéra,
D' magnière à m' trouver en face
D' chaqu' personnag' qui viendra :
Vienn' des malins d'plus d'une sorte,
Qui jusque-là parvenus,
S'rait ben encor à la porte,
S'ils avaient été r'connus.

AIR : *Du pas redoublé.*

J' vois cette troup' de détracteurs
D' nos plus grands philosophes,
Vêtue en habits d' tout's couleurs
Et de tout's les étoffes,
Ces gens portent d' grands bonnets noirs,
Pointus, d' formes pareilles,
Mais on voit sous ces éteignoirs
Passer leux longu'z oreilles.

AIR : *De Marianne.*

Bon dieu ! que d'gens sont à leur suite,
Et qui s' déclar' leurs partisans !
V'la la franchis' qui prend la fuite,
En voyant v'nir ces courtisans :
  C'est des pat'lins,
  Des arlequins,
  Et des pantins
 Ou grotesqu's ou fantasques,
  J' vois dans les rangs
  D' ces ignorans,
  Des aspirans
 Maigres comm' des harengs ;
Coiffés ou d' capuchons ou d' casques,
Chacun d'eux fait son important ;
Ils s'ront r'connus dans un instant
 Car ils vont changer d' masques.

AIR : *Du Menuet d'Exaudet.*

  Comme exprès,
  Vienn'-t-après :
  Les actrices,
 Les danseuses d' l'opéra,
 Chanteus's, et mêm' pis qu'ça ;
 Enfin, tout's les novices ;

C'est charmant !
Et l'amant
D' chacun' d'elles
Entend le mot attrayant,
Qu'on obtient en payant,
D' ces belles.
Chaq' couple s' fait des éloges
En s' dirigeant vers les loges :
Dans l'instant,
Haletant,
On arrive
Dans un réduit enchanteur
D'où l'aimable pudeur
S'esquive.
Dans un coin,
Sans témoin,
Une ouvreuse,
En comptant quelques gros sous,
Observe des jaloux
La cohorte fâcheuse ;
Mais, *motus* !
Cet argus
Me convie
A vouloir ben m'éloigner,
Bon... chacun doit gagner
Sa vie.

Air : *Du Major Palmer.*

Dans c' bal où la foule abonde,
Dans c' précis du genre humain,
Ah ! bon dieu! comben j' vois d' monde
Qui n'a pas d' quoi dîner d'main !
La roturièr', la comtesse,
La fill' du Palais-Royal,
La dévote et la péch'resse,
Tout s'en donn' dans l' carnaval.
L' philosophe et l' militaire,
Sont avec les usuriers ;
L'échappé du séminaire ,
Saute avec des officiers ;
Comm' tous ces costumes r'ssortent ?
Qu' ces masques sont ben choisis !
Comm' tous les époux en portent...
Avec des fronts obscurcis ;
Sous le masque d' l'indigence
L'avar' se cache en tremblant,
Et sous l'masque d' l'innocence
L' fourbe exerce son talent ;
L'homm' d' génie a c'lui d'ermite,
L' sot a l' masque d'un érudit,
Nul n'a c'lui d'un hypocrite
Mais que d'gens en ont l'esprit!!! *(bis.)*

LA NIAISE.

AIR : *J'ai vu partout dans mes voyages.*

MA mère me répèt' sans cesse
Que j' suis pauvre, et d' plus, sans esprit,
Qu' avec d' l'esprit vient la richesse,
Et qu' souvent d' misère on périt;
Faut savoir, pour en faire usage,
D'abord, c' qu' c'est qu' cet esprit là ?
J'ai quinze ans, j' suis simple et très-sage;
On n'est jamais riche avec ça.

Julie était dans la détresse :
En dépit mêm' d' sa pauvreté,
Elle conservait tout' sa sagesse,
Beaucoup d' candeur et d' la beauté;
Mais d'puis queuqu' tems on voit Julie
Porter un' robe à falballa !..
C'est donc d' l'esprit qu' d'être jolie,
Puisqu'on s'enrichit avec ça ?

Dans un tranquille et bon ménage,
Lison vivait avec Victor :
Il était pauvre, elle était sage,
Quand survint le riche Mondor :

C' financier s'explique, et la belle
L'entendit bien d' cette oreill' là...
C'est donc d' l'esprit qu' d'être infidelle,
Puisqu'on s'enrichit avec ça.

J' vois tous les jours la gentill' Rose
Changer d'amant avec gaîté ;
Ell' prétend qu' ça n' prouve autre chose
Qu' l'effet d' la sensibilité.
Ell' gagne, à ne pas être inflexible,
D' l'or, des bijonx... et cœtéra...
C'est donc d' l'esprit qu' d'être sensible,
Puisqu'on s'enrichit avec ça.

Not' voisine est bien à son aise,
Jadis, pourtant, ell' n'avait rien;
On assur' qu' c'est en f'sant la niaise
Qu'lle a fait fortun', c'est fort bien;
Mais c'est en vain qu' je m' creus' la tête
Pour attraper c'te fortun'-là.
Si c'était d' l'esprit qu' d'être bête
J' pourrais m'enrichir avec ça.

MON ANNE.

AIR : *Jardinier ne vois tu pas?*

DANS ce champêtre séjour,
Au pied de ce platane,
Signalons-nous en ce jour :
Faisons quelques couplets pour
     Mon Anne.   *(bis)*

Fort bien, m'y voilà, j'écris
Loin d'un monde profane :
Tous les jours je m'applaudis
D'avoir trouvé, dans Paris,
     Mon Anne.

Mais de quitter ce pays
J'enrage, je me damne,
Et, sans cesse, je me dis :
On est heureux qu'où je vis
     Mon Anne.

A la rime j'ai recours ;
Et quoiqu'Anne condamne
Mes chansons et mes discours,
Je chante et j'aime toujours
     Mon Anne.

Oui je l'aime, et, malgré moi,
Souvent je la chicane.
Je suis content comme un roi,
Quand je mets en desarroi
        Mon Anne.

Hélas ! je n'ai rien vaillant,
Pas même une cabane ;
Que n'ai-je un château brillant
Pour bien vivre, en chamaillant
        Mon Anne.

Je donnerais, sans effort,
Ma culotte de panne,
Mon frac même, avec transport,
Pour attacher à mon sort
        Mon Anne.

Ah ! que ne suis-je sultan !
Anne serait sultane ;
Pour l'honneur de l'alcoran
On doit coiffer du turban
        Mon Anne.

A M. L'ABBÉ W.

AIR : *Où allez vous Monsieur l'abbé ?*

Qu'avez-vous fait, Monsieur l'abbé ?
De l'*ante-Christ* auteur tombé :
　　Votre ouvrage, je pense,
　　　　N'est rien
　　Qu'un beau trait de démence
　　Qui vous peint fort bien.

Oui, l'ante-Christ vous possédait,
Quand votre cerveau prétendait
　　Que pour former, en France,
　　　　Les cœurs,
　　Il nous faut, dans l'enfance,
　　Des frères fouetteurs.

C'est en vain que dans cet écrit
On chercherait le Saint-Esprit ;
　　Mais on pourrait, je gage,
　　　　Trouver
　　Dans votre saint langage
　　De quoi se sauver.

TABLE.